U0010328

臺語／漢字學

每個講臺語的家庭必備的傳家手冊

陳世明・陳文彥 著

晨星出版

序

　　所謂:「成者為王, 敗者為寇。」在中原大地之上, 漢語系的方言頗多, 誰當了皇帝, 所採用的語言就成為官話, 若決定沿用前朝的官話, 那官話就不會改變。而沿用前朝的官話有幾種可能, 一是自己沒有語言文字, 所以沿用前人的語言文字; 另外, 因為前朝的語言文字已行之有年, 放之四海而皆準, 所以就放棄自己的語言, 採用他人的語言文字。

　　在臺灣, 講臺語的族群常自稱其語言為河洛話。河洛話係指發源於黃河、洛水一代的語言, 即河南洛陽附近的語言。自夏、商、周以降, 已在中原流行千年以上, 西漢揚雄《方言》乙書稱通語, 即四方流通的語言。而普通話、客語、粵語等方言, 其實早在西漢之前, 這些方言業已存在於中原, 只是當時係某地的小方言, 時至近代才被稱為普通話、客語、粵語。很多人質疑河洛話的發音不對, 其實 hô-ló-uē 是近代按普通話切音而成。河, 音ㄏㄜˊ。洛, 盧各切, 音ㄌㄜˋ。看完本書最後面有關揚雄方言的介紹, 就可知臺語源自河洛(但在臺灣, 一定得稱臺語, 故本書

命名《臺語漢字理論》）。若非中原長期征戰所致，我們的先祖輩又何須腳底抹油「衣冠南渡、八姓入閩」，跑到閩南來呢？上古漢語又怎麼龍困淺灘遭蝦戲，變成今天的閩南方言呢？而維基百科顯示，閩南語分佈在江蘇、安徽、浙江、江西、福建、廣東、廣西，這更是北方語言因戰亂而四散的證明。近年來，

大陸來臺的交換學生與遊客頗多，筆者實事求是，採訪山東、洛陽等北方來的人，詢問太陽等詞的土話。對方均回應臺語日頭等用法，只是發音為普通話而已。這代表教育影響語言，讓母語往官話靠攏。近數百年來，上古漢語受普通話的影響，已逐漸遭蠶食鯨吞，成為逐漸凋零的方言。

河洛話在魏晉南北朝五胡亂華期間，透過衣冠南渡的古漢人南遷，將語言散佈在江南一帶，其中最大的族群在閩南，為保存最為完整的上古漢語，今稱之為閩南語。為何閩南語近兩千年而不變，主要原因係地理環境所致，境內丘陵林立的閩南易守難攻，異族鐵騎統治之下，形成一個天然的屏障。北方的語言因胡人進入中原，將《方言》記載的陝西、山西方言帶入中原，逐漸壯大成北方的官話，而上古漢語變成閩南方言。後來閩南語隨著來臺開墾的先民，將閩南語的種子散佈至臺灣，稱臺灣閩南語，簡稱臺語。嚴格來講，臺語就是閩南語，閩南語讀音系統是上古漢語，即本書所稱之河洛話。而河洛話的白讀系統，比文讀系統更早出現，更可以說是盤古漢語。

講河洛話的族群，晚上在家聽說用母語（白讀），白天在學校讀寫採文讀。母語長期與文讀混

用，形成文白融合的現象，透過語言優選原則，形成一套更棒的語言，就是早期黃俊雄布袋戲的口白音。河洛話也有語言學，作者熟讀明清話本小說，整理出一套河洛話語言學。後經學者建議，閱讀西漢揚雄《方言》乙書，以本書歸納之理論，竟意外能解讀該書的記載。原來西漢之前的官話，即今之臺語（河洛話）。

陳世明 2016.10.15 筆

第三章 • 河洛俗諺賞析 132

【前言】
寫在開始之前 · · · · · · · · · · · · · · · · ·

　　人類先有語言，後有文字，概毋庸置疑。這從現今的世界，尚有許多民族，有語言而無文字，可以得到充分的印證。另外，在《康熙字典》記載的「爸」字裡面，引用《正字通》：「夷語稱老者為八八或巴巴，後人因加父作爸字。」顯見先有音，後才有「爸」字的出現，此即「先有語言，後有文字」最有力的證據。而《古今通論》：「倉頡造書，形立謂之文，聲具謂之字。」這句話敘明，一個字在尚未賦予聲音之前，謂之文。賦予聲音之後，該文謂之字。「文字」乙詞於焉產生。

　　《淮南子‧本經》中記載：「昔者倉頡作書，而天雨粟，鬼夜哭。」顯然倉頡造字之後，在當時為之轟動，可謂驚天地而泣鬼神。中原周邊民族競相前來學習造字，倉頡造字之法，後人歸納計有象形、指示、會意、形聲、轉注與假借等，謂之六書。參與造字之漢語系族群，按倉頡所授六書之法，造出屬於各自語言的漢字。而參與造字的民族，除造出自己的文字之外，有部份沿用別人所造的漢字，並賦予該字的發音，後形成一字多音的現象，例：衫，臺語 sann、客語 sam、普通話 san。而有些漢字，一個民族裡面，同時有多人在造字，形成同音異字的現象，例：震、振。兩字原本字義與用法相同，例：震動、振動。但在漢字演化的過程中，為降低一音多字的衝突現象，兩字遂衍生出個別用法的情形，例：地震，而無「地

振」的用法；振奮，而無「震奮」的用法。

　　人們講話通常採用「平鋪直敘」的方法，但喜怒哀樂一上來，發音通常都會些微的走調，聲調有高、有低，有喜、有怒，有哀、有樂，有轉、有折，遂形成八種不同的音調，即一個字在八種聲調的範圍內，都屬於該字合法範圍內的發音，例：開，開開，開～開開。但漢語發音，通常採用某幾個音調，該音調遂成為該字的標準音，而發怒所發出的語調，通常會加重音，例：操，音ㄘㄠ。當生氣、發怒的時候，操就變成ㄘㄠˋ的音。

　　不同漢語系民族的語言不同，按六書之法，各自造出屬於自己語言的文字，透過教育學習文字系統。惟各民族交流之後，遂發生各說各話的現象，我講的你聽不懂，你說的我聽沒有，造成語言溝通上的困擾。讀書人為解決此問題，遂另外訂立讀書的標準音，今稱文讀，又稱讀書音。而各漢語系方言的語音，今謂之白讀，又稱母語。文讀與白讀發音不同，稱文白異讀。例：光，白讀 kng，文讀 kong。由於白讀早於文讀，形成在家使用母語，學校唸書採用讀書音的現象。這個現象在臺灣非常普遍，講臺語的人在家講母語（白讀），去學校講讀書音（文讀），形成兩種發音並存的現象，時間一久，文白混為一體，形成另一獨具特色的漢語，就是臺灣黃俊雄布袋戲的口白音。

　　文讀即官方語言，亦稱官話。官方地名、用語等採用文讀，但文白混為一體之後，文讀與白讀水乳交融之後，若發音較文讀更為好聽，就會為後人所採用，例：臺東與屏東兩個地

名，原本兩詞都採文讀音，惟「臺東」乙詞，東採用白讀 tang 較文讀 tong 好聽，臺東 Tâi-tang 的音遂被保留下來，稱為語言的優選原則。老師教導學生朗誦四書五經採用的文讀音，歷經夏、商、周三代之後，其語言稱通語。例如《方言》第一卷第三條目：「娥，嬴好也。秦曰娥，宋魏之間謂之嬪，秦晉之間，凡好而輕者謂之娥。自關而東河濟之間謂之媌，或謂之姣。趙魏燕代之間曰姝，或曰妦。自關而西秦晉之故都曰妍。好，其通語也。」這兒的「好」是四方流通的語言。而受漢文化影響頗鉅的日本，優、佳、善、良、好等字，在日語則一律都採用「良い」或「いい」。

　　古代文人在寫作的時候，有時摻雜部分白讀元素，代表作者擁有自己的語言系統。在臺灣，講臺語的族群，偶爾文章會加入臺語的元素一樣，例如：「我阿爸很兇」，「阿爸」就是臺語的元素。漢·司馬遷在《史記·呂不韋列傳》：「呂不韋取邯鄲諸姬絕好善舞者與居，知有身。子楚從不韋飲，見而說之，因起為壽，請之。呂不韋怒，念業已破家為子楚，欲以釣奇，乃遂獻其姬。姬自匿有身，至大期時，生子政。子楚遂立姬為夫人。」從「有身」乙詞可知司馬遷的母語異於漢朝的官話，前述的漢語理論規則，白讀早於文讀、文白異讀，且文讀具有與白讀相同的規則來看，直指司馬遷的母語即今之臺語白讀系統。

　　語言係雙方用來溝通使用，因此非常重視聲調與口語表達的流暢度。若有口語表達欠流暢的詞句，臺語採用倒裝詞（或稱逆序詞）解決，例如「公雞」臺語白讀「雞公」音 ke-kang、「母雞」臺語白讀「雞母」音 ke-bó。而普通話採用「公雞」與「母雞」比較流暢。漢語一個詞至少兩個字，但某些名詞僅有一個字，此時就會加入贅音「兒」音 á，例：桌兒（桌子）、驢兒（驢子）、帖兒（帖子）。而兩個字形成的一個詞，若唸起來有口順的問題，亦可以在兩字間加入贅音「兒」，例：明早，變成「明兒早」音 bîn-á-tsài。另外，人們有時講話的速度快了一點，會將兩個字唸成一個字的音，宛如《韻書》反切的方法，即連音。像是「出來講」乙詞，媒體誤作「踹共」，即是「連音」的結果。若連音的過程中，有部分的音喪失或增加某個轉音，稱拗音。綜觀以上，逆序詞、贅音、連音或拗音，即漢語為解決口順的問題，所提出的解決方案。

　　戰國七雄，包括秦、楚、齊、燕、趙、魏、韓等七國。秦併六國，秦與六國語言與度量衡不通，秦始皇有感於溝通、交流上的困難，始有「書同文，車同軌」的發想，乃命丞相李斯統一語言文字。秦與六國語言、文字不同，概可由文獻《爾雅·釋天》：「唐虞曰載，夏曰歲，商曰祀，周曰年。」可以得到印證。唐虞、夏、商、周四個朝代，對於「年」的語言、文字不同，不是語言、文字發生改變，而係不同漢語系族群崛起、主政所致，即載、歲、祀、年四個漢字，係不同漢語系族群專屬的漢字，今稱同義字。秦始皇自十三歲繼承皇位，三十九歲稱皇帝，在位三十七年。秦末，楚漢相爭，後為劉邦所統一，國號漢。漢朝文治武功強盛，曾建立強大疆域版圖的國家，後世稱其語言為漢語，文字為漢字。

西漢揚雄著有《方言》乙書，係周、秦之際，官方每年派軨軒之使至各地田野調查，記載當時中原周邊各民族的語言文字的一部著作。揚雄係當時的官方人物代表，該書以當時官方的語言文字為之，概毋庸置疑。前述提及，不同漢語系方言，雖語言不同，惟語意相同，稱「語言各異，其義必同。」這從《方言》第一卷第一條目：「黨、曉、哲，知也。楚謂之黨，或曰曉，齊宋之間謂之哲。」可以得到印證。知，在楚謂之黨，或曰曉。顯然「楚」至少有兩支不同的族群，所以採用的文字不同，而齊宋之間謂之哲，代表這兒所調查到的語音皆相同。方言，即某地區的語言。方言相對於另一種方言，稱外來語。漢語對於外來語，有字記載本字，無對應漢字則記載其音，即記音字，例如魏晉南北朝傳入中原的酒杯，稱叵羅。「叵羅」乙詞，就是西域傳入的語音，用漢語、漢字表示的結果，這個詞與英語 BOWL 音相當類似。另外，漢語另有一族群稱父親為「爹」，這個詞與英語 DADDY 近乎同音，此恐係盎格魯薩克遜人曾經出現在中原的有力佐證。

　　若《方言》採用記音字，且基於「語言各異，其義必同」的原則，《方言》第一卷第一條目：「黨、曉、哲，知也。」並非係同義字的概念，其中必有訛誤。查「黨」、「哲」非「知」的意思，而「知」的同義字「懂」、「徹」分別與「黨」、「徹」的臺語文讀音同，其中懂文讀 tóng、徹文讀 thiat。印證《方言》採「有字記載本字，無字記載其音」的立論正確，則《方言》第一卷第一條目改成：「懂、曉、徹，知也。楚謂之懂，或曰曉，齊宋之間謂之徹。」則令人豁然開朗

矣！除可證明西漢之前，當時的官話與今之臺語文讀音相同之外，更印證臺灣民間漢學老師所言，漢朝的官話即今之臺語文讀音，並非空穴來風、無的放矢。

在西漢之前，漢語系的方言頗多，包括今之臺語、客語、粵語與普通話等皆存在於中原。其中臺語白讀係中原最早的方言之一，爾後才有文讀產生，因此講臺語的族群，在家講母語，在校說官話，其它的漢語系方言受臺語的影響頗深。其中客語、粵語等方言，原非漢語系的原生方言，受講臺語族群的影響，將臺語的文白系統融入其語言之中，形成相當獨特的漢語方言。魏晉南北朝五胡亂華間，漢人「衣冠南渡，八姓入閩」徙居閩南，北方遂為胡人所據，原流行於秦晉之間的普通話，被胡人帶入中原，成為後來元明清時期的官話。不同朝代的官話會影響方言，產生更多的語彙及語音，猶如考古學界不同時代的地質層次，學界稱為層次。例如「嚇嚇叫」乙詞，普通話與臺語發音不同，對講臺語的族群來說，普通話代表很厲害，臺語則是很吵的意思。有人說臺語很複雜、很深奧，很難學習。其實，有歷史、有文化的語言，且又兼容部份漢語方言，臺語很複雜當然是無庸置疑的。

【導論】
漢語之源流 ·

　　上古時期，中原地區的漢語系的民族頗多，他們操著不同的漢語方言，在華北地區過著農耕的生活。所謂：「春耕、夏耘、秋收、冬藏。」在某一個秋收的季節，倉頡自創六書的造字之法，創造出中華大地上，屬於漢民族的象形文字系統。之後，更得到塞外胡人的啟發，習得切音的注音之法，自此漢語文、字，終於擁有一套傳承的方法。

　　秋收的人們，正忙著曬稻穀之際，聞知倉頡造字之後，高

興得將稻穀望空一灑，高聲歡呼、雀躍不已。到了晚上，人們
吃飽飯之後，熱烈的討論著這件事情，不知不覺快樂的唱起歌
來，歌聲在秋風的吹拂之下，伴隨著黑夜的狼嚎之聲，遠遠的
向四方傳播出去，有如鬼哭狼嚎一般。所以淮南子《本經訓》
記載：「昔者倉頡作書，天雨粟，鬼夜哭。」這個傳說若以科
學的角度來看，就是這麼來的。《古今通論》：「倉頡造書，
形立謂之文，聲具謂之字。」人類先有語言，在遊牧生活的打
獵過程中，學會利用石頭在岩壁上作畫，並慢慢學會創造抽象
符號，最後與語言結合形成文字。倉頡造字的事情傳開之後，
四方之民競相前來學習造字之法。

各漢語系民族學習造字之法，各自造出屬於自己語言的文字。有的族群同時有多人在造字，造出多個同音的漢字，例：震、振，宏、弘。為利於清楚的解釋，這幾個字分屬不同的兩個群體，但也有可能都是同一漢語系所造。

　　若有的民族沿用別人所造的漢字，並賦予自己語言的聲音，即文加入聲音變成字，就形成一個漢字多個發音的現象，即一字多音。例：大。

文字發明之後，很快地，智者開始著書立說，並自兒童開始讀書識字。但後來人們很快地發現，各漢民族的語言、文字不同，在互相交流的過程中，顯得困難重重。於是，就在胡人的教導之下，除採用八音系統之外，並採用反切法制定漢字的標準音，讀音系統於焉誕生，並在讀書識字的教育之下，成為四方流通的語言，即大家的發音皆相同，例：好，音 hònn。

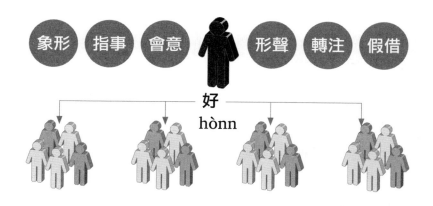

　　除標準的讀書音之外，在中原大地的各個角落裡，仍存在著許多漢語方言，包括今之普通話、客語、粵語等方言。人們在家裡聽說用母語，在學校讀寫採讀音，形成兩套並行的漢語系統。在教育的推動之下，文讀與白讀漸漸融合，人們偶會穿插幾個母語詞句的文章，將某個族群的用詞用語保留下來。例：漢・司馬遷撰寫《史記》：「呂不韋取邯鄲諸姬絕好

善舞者與居，知有身。子楚從不韋飲，見而說之，因起為壽，請之。呂不韋怒，念業已破家為子楚，欲以釣奇，乃遂獻其姬。姬自匿有身，至大期時，生子政。子楚遂立姬為夫人。」就將其母語「有身」寫入史記。而晉惠帝的名言：「何不食肉糜？」更是一絕。且可能是歷代皇帝之中，唯一採用「糜」字的皇帝。

在臺灣，民間有賣一種很香的油稱香油 hiang-iû。但是市面上的香油尚有兩種名稱，分別是馨油 hing-iû、芳油 phang-iû。馨香、芳香，同義複詞。即馨、香、芳三字是同義字，但河洛話採芳油。這是不同漢語系的用字，河洛話白讀多採用芳、香兩字，馨甚少使用。

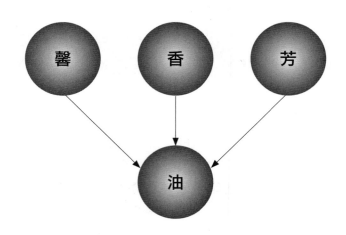

《爾雅・釋天》：「載，歲也。夏曰歲，商曰祀，周曰年，唐虞曰載。」告訴我們，這四個朝代係不同的漢民族主政，因此每個朝代對於年的稱呼，用字各不相同，然時至今日，這四個字迄今仍然分別為各族群所使用。其中，夏、周兩朝的歷史最久，講河洛的族群多採「歲」字，普通話的族群多用「年」字。「年歲」乙詞，遂變成河洛話常見的詞句。

另一個支持上述論點的例子，藝人崔佩儀在電視上曾說，談話內容的大意是：「某次天氣熱，她到北京的餐館用餐，因為口渴向服務生要求一杯冰水，結果服務生接連兩次拿來的水，都不符合崔佩儀的需求，後來服務生問她什麼是冰水，才知道北京不叫冰水，而叫「凍水」。在後面的漢字理論裡面，會提到臺語漢字，是一套自己的漢字，雖然用字不同，但一定是同義字的概念。冰凍，同義複詞。我們用冰水，北京當地用的是凍水，但指的都是同一種東西，即冰、凍兩字係不同漢民族的用字。

唐虞	夏	商	周
載	歲	祀	年

【第一章】
河洛話之特色 ‧‧‧‧‧‧‧‧‧‧‧‧‧‧‧‧‧‧‧‧

　　發展於黃河、洛水一帶的語言稱河洛話。當文字發明之後，人們賦予文的聲音就形成字，今通稱文字。中原附近的漢語系民族頗多，當一個語言、文字為大家所採用，稱通語。若一個文字，被賦予各漢族的發音，形成一字多音的現象。而相同的漢族，有多人同時在造字，就會造出一音多字的情形，例如：振、震，宏、弘等。當人們開始讀書識字的時候，語言文字發音的差異，就變成一大問題了。此時有人提出標準音的概念，但當時沒有注音符號，怎麼替所造的字標注發音呢？從西方來的胡人，按胡人的語言特性，提供標注漢字發音的方法，稱反切法。

　　反切法，係按各自的發音系統反切出自己的讀音。河洛話三個字，「洛」按普通話是盧各切，洛音ㄌㄜ、，即層次音。有人誤作「鶴佬話」或「福佬話」，除未諳歷代層次音之外，究其主因乃未參考漢人的遷徙歷史所致。

漢語多元發展

　　上古時期，中原漢語系民族頗多，他們採用不同的語言文字系統。《爾雅‧釋天》：「唐虞曰載，夏曰歲，商曰祀，周曰年。」這四個朝代，年的用字各不相同，不是語言文字產生變化，而是不同漢語系民族崛起所致。誰掌握政權，誰的語言

就是強勢語言。

戰國七雄，秦、楚、齊、燕、趙、魏、韓，後為秦所兼併。秦的語言、文字、度量衡與六國不通，秦始皇乃有統一語言文字與度量衡的發想。秦末，天下群雄並起，楚漢相爭，後歸於漢。漢武帝文治武功鼎盛，後世乃稱其語言為漢語，文字為漢字。

另外，東漢許慎著有《說文解字》乙書，全書共收錄 9,353 個字。但截至今日為止，漢字約有近十萬字左右，其他的字又是哪裡來的呢？這告訴我們，許慎只懂這些字嗎？非也。因為中原尚有其他語言文字，但都是許慎所不知的，他僅就已知或搜集而知的字著書，所以才收錄 9,353 個字。且裡面某些用字，摘錄自西漢揚雄的《方言》，例：氓，民也。氓，亡、民的組合，應該是流亡的人民才對。因此，除摘錄《方言》之外，也有許多錯誤發生。例：出，進也。《說文解字》。根本就是反義字，而非該字的本義。有句話說：「盡信書，不如無書。」就是這個道理。

聲調八音

河洛話聲調平上去入四聲之外，再分陰陽，共有八音。本書採用教育部《臺灣閩南語常用詞辭典》網站的臺羅音標，音標上方的指示符號，代表聲調值的高低。

為顧及語言交流與知識傳承，河洛話文讀採取固定的聲調值，採取統一的標準音。惟河洛話白讀音比較鬆散，可在八音

的範圍內，自由的升降調值、聲音拉長或變短，例：開、開開、開～開開。另外，勤勞乙詞，河洛話稱「勤力」，泉州音 kûn-la̍t，白讀可在八音的範圍內，由 kûn 轉 kut 的音，變成 kut-la̍t。【註】勤力乙詞，顯見發音源自泉州音，非漳州腔。

調值	陰平	陰上	陰去	陰入	陽平	陽上	陽去	陽入
例字	君	滾	棍	骨	群	滾	郡	滑
音標	kun	kún	kùn	kut	kûn	kún	kūn	ku̍t

【註】其中陰上、陽上兩者同音，實際上共有七音。

　　明仔載，這三個字引發我研究臺語的興趣，經過歷代文獻的電腦比對分析，才發現臺語漢字本字，就是清宮大戲裡面常見的「明兒早」乙詞，白讀 bîn-á-tsài。兒讀音 jî/lî，例如：孩兒，文讀 hâi-jî。囝兒，白讀 gín-á。韓國影片「家有歐巴桑」韓語原音，孤兒就念 koo-á，但很多人不知道此字有 á 的音。早，tsá 或 tsái，在八音的範圍內，明兒早的早，與前後文搭配轉成 tsài 的音。明代三言二拍等話本小說，常見的驢兒、帖兒、一會兒等都是正宗臺語的用法。

　　另一個常見的音調變異例子，如「爸」這個字。爸爸原始的發音是八八或巴巴，音 pa-pa，讀音同霸。但臺語發音阿爸 a-pah（pah 是因為尾音，才產生 h 的尾音，宛如音樂的休止符）、老爸 lāu-pē、老爸 lāu-pâ。這就是個人一再強調的，聲調八音，可隨前後文自動升降調值的道理。

白讀

　　各漢語系民族的母語，稱白讀。上古時代，中原的漢語系民族頗多，他們操著不同的漢語方言，在文字發明之後，各自賦予文字的方言音，造成下列諸多的差異。

　　四方流通的語言，具有共通用字與發音，稱通語。

　　一個漢字，各族各自賦予其發音，造成一字多音。

　　同一個族群有多個人造字，造成多字同音同義的現象。例：震、振，宏、弘等現象。其中，震、振本同義，後來各自衍生出不同的用法，如振作、地震。

　　白讀在同一族群裡邊，語言、文字的交流並無不妥，但隨著各漢語系民族的接觸日益頻繁，不同漢族之間，存在語言、文字溝通的隔閡，古人為解決此一問題，遂衍生出統一漢字發音的需求，新的標準音稱讀音，即文讀。這就是漢語文白異讀的緣由，證明白讀早於文讀。

　　另外，韻書記載爸字，《玉篇》：「父也。」《正字通》：「夷語稱老者為八八或巴巴，後人因加父作爸字。」又《集韻》：「必駕切，音霸。吳人呼父曰爸。」從以上的記載得知，先有巴巴的發音，爾後才創造出爸字，亦可證明先有白讀而後才有文讀。

韻書

　　古代按韻編排的書稱韻書。韻書記載漢字的標準音，稱讀音或文讀。這個讀書的標準音，即古代所稱之雅言。雅言，自夏商周以降，已在中原流行千年以上，西漢揚雄《方言》稱通語。雅，即高雅、文雅的意思。為何稱讀書音為文音或文讀音，就是這個道理。韻書的韻字係由音、員兩字所組成，員即人也，指人的聲音。聲韻，同義複詞。聲韻學，即記載人們讀書識字朗誦漢字的聲音。

　　上古漢語有一字多音、一字多義的問題，各族群縱然讀書識字之後，異族間仍無法互相溝通，後來方衍生標準的讀書音，即今之文讀。

　　夏商周即有夏言（雅言），自當有韻書規範標準音，以利老師教導學生，然均不見經傳記載。據悉最早的韻書是三國時期李登編著的《聲類》，惟今已亡佚。晉代呂靜編著有《韻集》，而官方韻書始於唐代。

　　歷代的韻書包括漢《聲類》，隋《切韻》，唐《唐韻》，宋《廣韻》，元《韻會》，明《洪武正韻》等，幾乎歷代都有修訂韻書，主要原因係不同漢語系族群主政，因族群融合又加入其他方言音所致。

　　《韻書》記載漢字的讀音稱反切法，此法肇自西域（胡人所傳）。所謂反切法，就是利用兩個漢字標注一個漢音，例：土，他魯切。即從第一個漢字取首音ㄊ，切去尾音，第二個漢字取尾音ㄨˇ，切除首音，組成一個漢字的音ㄊㄨˇ。這種一個

去除尾音，一個除去首音，兩者切除的部位相反，稱反切法。

　　最後，韻書制定漢字是標準讀音，而白話音並未有韻書記載，僅靠長輩口耳相傳，兩者是不一樣的發音系統。或許您會說，證據在哪兒？

　　在附錄裡面，按照揚雄《方言》乙書的心法，您會發現臺語的白讀音，早在兩千多年前即已經存在中原，且被收錄在《方言》這本書裡面。除證明五胡亂華南遷的歷史之外，更證明臺語是最古老的漢語之一。

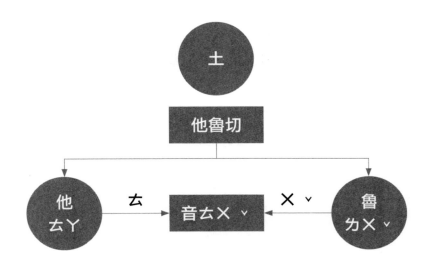

文讀

　　文讀就是古代朗誦四書五經的標準讀書音，即古代的官話、雅言或稱通語。

　　《韻書》記載文讀音，不同漢語族群按各自語言演繹讀音。河洛話的族群亦遵循《韻書》的標準，以河洛話讀音演繹讀音。例：土，他魯切。他，文讀 thann；魯，文讀 lóo。土，採用反切法之讀音為 thóo。

　　古代書寫載具不方便，用字能省則省，稱文言文。例：臺語「頭前、後壁攏有敵人」，讀書人稱「腹背受敵」。那「腹背受敵」要還原成白讀的字，就找出同義字即可展開，並還原成當時的字義，閱讀古書也是同樣的道理。

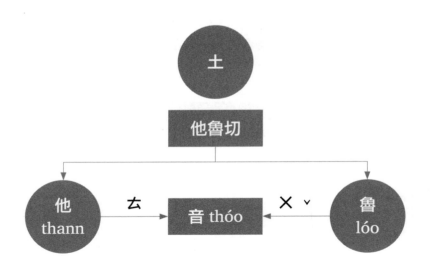

文白異讀

　　若一個漢字存在白讀音，亦同時有文讀音，且兩者發音不同，稱文白異讀。

　　在漢字裡面，「光」就是明亮的意思（普通話音ㄍㄨㄤ），其中河洛話文讀與白讀各有一個音，文讀音唸作 kong，白讀音唸作 kng，這就是文白異讀。

　　白讀，就是各漢語系民族的原始語言，即母語。由於母語的種類繁多，雙方溝通相當不便，因此有文讀標準音出現。在古代的中原，在家聽說用白讀，在學校讀寫用文讀，形成文白異讀的現象。文白異讀的時間一久，文讀融入白讀，白讀融入文讀，在語言的優選原則下，形成文白混用最佳化的現象，就變成臺灣早期黃俊雄布袋戲的口白音。

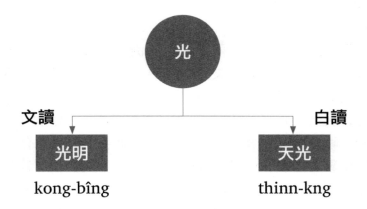

若一個漢字只有文讀音，有兩種意涵。一是該字非白讀用字（即不同漢族的用字），因此沿用文讀音，例：宇，音 ú，例：宇宙，音 ú-tiū。另一種含義是文讀沿用白讀音。

　　另外，像是「宛延的山路」乙詞，白讀沒有如此文謅謅的用法，只有「彎彎曲曲之山路」。

文白融合

　　母語在文字發明之後，由於讀書識字的關係，慢慢形成文白混用的情形，稱文白融合。

　　漢語系的民族：「在家裡聽說用母語，在學校讀寫採讀音。」漢人天生就內建兩套語言系統，並可以運行不悖。惟時日一久，母語與讀音交互影響，文白就逐漸融合，並根據語言的優選原則，產生聲調更好聽的語言，即布袋戲的口白音，這就是文白融合的結果。

　　我們以臺東與屏東兩個地名為例，兩者皆官方的地名，按理說：「官方地名採文讀音才對，」但民間卻有兩種截然不同的唸法。臺東，採用 tâi-tang。屏東，採用 pîn-tong。為何有此狀況呢？究其主要原因係語言優選原則，哪個聲音比較好聽，哪個聲音就會被保留。另外，漢字「人」亦有文白異讀的現象，文讀 jîn，白讀 lâng。俗語：「人情留一線，日後好相見。」這裡的人，唸文讀音 jîn。但「做人之新婦愛知道理，……。」此處做人的人，要唸 lâng。上述兩個例句中的「人」字，若將文白音交換著唸，聲調根本就無法到位。這有

如語言的適者生存、不適者淘汰一般，即語言的優選原則。

在臺灣，文白融合之後，就逐漸與文讀脫鉤，形成新的河洛話系統，黃俊雄布袋戲的口白音，就是最好的證明。但何者為文讀，何者為白讀？只要稍加注意一下，仍可輕易地分辨出來。

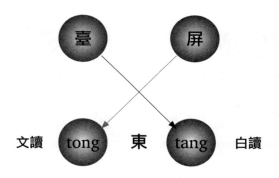

一字多音，以音別義

在古代，漢字一字多義，就一字多音，採以音區別字義的原則。例：食物 sit-bu̍t，食飯 tsia̍h-pn̄g。前者當名詞，後者當動詞使用，兩者以音別義。後來，為避免一字多義的困擾，後又造「喫」字，代表後者。惟今喫字又被「吃」字所取代。

而在漢字裡面，「重」字有兩個意思，一是重重疊疊的意思（普通話音ㄔㄨㄥˊ），另一是重要性或重量的意思（普通

話音ㄓㄨㄥˋ）。根據一字多音，以音別義的原則，重有兩個字義，因此河洛話白讀與文讀各有兩個音，形成「重」字有四個音。

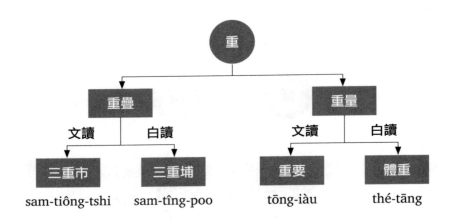

常見的一字多音，首推民間的這句話：「香港買香，點起來真香。」香港，官方地名念讀音 hiong-káng。第二個香，指拜神用的香，念白讀 hiunn。第三個香念 pang，其實是唸錯了。芳香，同義複詞。香對應的臺語字「芳」才念 pang。

《拍案驚奇》第八卷：「江行防盜，假意貨苧麻，暗藏在綑內，瞞人眼目的。」這兒的貨當動詞用，音 hák，當購買貨物的意思。

像是媽媽的媽字，可以念作 má, ma, mah 等音，撒嬌的時候聲音也可以拉長，例如：mah-á。若是念阿媽，音 a-má，代

表奶奶的意思。現在很多人誤作「阿嬤」，嬤這個字非臺語用字，概只是為了讓一字一義，所以採用此字區分。在民間廳堂上的「公媽龕」裡面，公媽指的就是過世的阿公、阿媽輩的人（早逝的另當別論），所以千萬別再誤用「阿嬤」乙詞。龕，這個字源自祖先牌位的形制，龕的左右有兩邊刻了兩條龍，龍頭在龕的上面會合，所以才有這個龕字（上合下龍）。

　　而跳這個字，本意是躍的意思。跳躍，同義複詞。這個字跟「打」得臺語很像，不同的打人方法，臺語有各種不同的用字與發音。跳也是一樣，跳開的跳念 thiàu，但原地的抽腿動作，音 tiô，例：跳腳 tiô-kha。小孩子常會用右腳踩地表示憤怒、生氣，俗語叫「跳腳踐蹄」音 tiô-kha-tsám-tê。跳，亦可寫作「趒」。但文獻上，幾乎不使用此字，而多採用跳字。這是常見的一字多音、以音別義的例子之一。

　　另外，普通話「掉下來」乙詞，亦是一字多義、一字多音的代表作。掉落、下落，同義複詞。落，當「掉」的意思唸 lak，當「下」的意思唸 lòh。《楊家將演義》有一首詩如下，第一句的「落落」即掉落的意思。

落落人間數十年，隨身鐵硯一青氈。
丹墀未對三千字，碧海空騰尺五天。
賈誼長沙淹歲月，杜陵夔府老風煙。
倚欄讀罷歸來賦，腸斷青山落照邊。

　　最後，常見的用詞破風、走路等詞，普通話與河洛話發

音，兩者字義截然不同。破風，ㄆㄛˋ　ㄈㄥ，普通話是逆風而行，河洛話 phuà-hong，則是輪胎破了，漏氣的意思。走路，ㄗㄡˇ　ㄌㄨˋ，普通話是慢慢走的意思，河洛話 tsáu-lōo，意指生意失敗，跑給債主追的意思，這就是音別義的原則。

上述是河洛話（臺語）一字多音，以音區別字義的原則。惟不懂此原則的人，就因為找不到對應的臺語漢字，經常以為臺語沒有文字，而自創以替代用字為之；有時明明是本字，卻又標示為異用字，而拿一個錯誤的字當本字。另外，除一字多音的問題之外，漢字同音異字的現象頗多，無法達到一字一音的境界，因此也造成許多困擾。例如：臺灣早期大家的知識水平不高，農民、工人大都目不識丁，我家世代務農，堂哥本名叫陳順良，但戶口登記之後，遂變成陳順隆。有人姓涂，戶口登記之後，變成姓涂或塗；有人姓鍾，戶口登記之後，變成姓鐘。此皆同音異字惹的禍。然今人竟然以當時這些知識水平不高的文獻，把上面的臺語漢字當作寶貝，結果創造出阿理不達的臺語漢字，著實令人莞爾。

方音差

方音差即不同人之間的語音，因長輩口耳相傳而存在某些差異謂之。通常方音差的原因，都是因為該詞句念起來有些饒舌、不好念所致。

白讀沒有《韻書》提供標準音的規範，僅靠長輩口耳相

傳，容易產生方音差的現象。例：遊玩，河洛話 tshit-thô。惟文獻僅《荔鏡記》有「得桃」乙詞，例：「許阮啞娘又好得桃。」經田野調查發現，本詞有諸多的發音，包括 tit-thô, tik-thô, tshit-thô 等。惟比對文獻與民間的發音，tik-thô 的音與文獻吻合，顯然河洛話受方音差的影響，致本詞變音為 tshit-thô。

另一個因方音差而找不到本字的是「零食」，臺語白讀 sì-siù-á，今誤作「四秀仔」。零，就是碎、細、小的意思。零食，臺語本字「細食」加上贅音（請參閱後面的贅音理論），變成「細食兒」音 sì-sit-á。因為「細食兒」不好念，就變成 sì-siù-á 的音。但您遍尋文獻，卻找不到這個用法，就是方音差所致。但為了解釋「四秀仔」臺語界通常會編個故事，解釋為何叫「四秀仔」？這樣就比較不好，所謂：「知之為知之，不知為不知，是知也！」

下面是民間常見的方音差：

1. **快活**，白讀 khuìnn-uàh，但在民間常讀作 khuànn-uàh（音同「看活」）。

2. **夭壽**，白讀 iáu-siū，因為「夭壽」乙詞損人不利己，普遍聽到的音是 iáu-siān（音同「夭善」）。

3. **斂袂**，亦可作斂衪或斂袘。斂袂，古代衣袖很長，要打躬作揖之前，必須斂袂以露出雙手，斂袂耗費短暫的時間，因此河洛話斂袂 liám-bē，引申為一會兒的意思。今多將斂衪 liám-līm 唸作 liám-mi，民間多誤寫作「連

鞭」乙詞。文獻《古今小說》：「見那小娘子斂袂向前深深的道個萬福。」

4. **鳳梨**，音 hōng-lâi，為討喜氣採旺來的音 ōng-lâi，取好運旺旺來的意思。但日子一久，人們可能會認為「鳳梨」的音，就是 ōng-lâi。

5. **頻頻搐**，音 pîn-pîn-tshuah，《醫碥》卷四：「抽搐者，手足頻頻伸縮也。」《醫學百科》：「眼睛上視是風驚，手足頻頻搐不定。」民間多誤作「呸呸掣」音 phih-phih-tshuah。這都是口順與方音差導致誤用漢字。【註】請參考本書「常見的錯誤」該章「搐著等」乙詞的說明。

6. **危險**，文讀 guî-hiám，白讀 uî-hiám，不安全的意思。但民間常聽見 luî-hiám 的音，這就是方音差。

7. **受氣**，音 siū-khì。但坊間常可聽見 siūnn-khì 的音，很多人就認為本字是想氣。若大家都以音取字，那還需要臺文所的老師嗎？就按照過去 MSN 的火星文就好，反正大家都可以溝通。

8. **碗豆**，亦稱荷蘭豆，但彰化縣福興鄉、溪湖鎮等產區，民眾幾乎都念 hōo-lín-tāu。但田中鎮有的漳州移民，就念 huê-liân-tāu。其實本詞是從外來語轉化成日語，後變成臺語的一份子。有道是接點越多，缺點越多，經過層層轉譯之後，方音差

就出現了。

9. **地動**，音 tē-tāng，民間很多地方可聽到 kue-tāng 的發音，這就是很明顯的方音差。若我們都尊重大家的表述，那就不用推行母語教育，因為就不會有標準出現。大家都不想當壞人，最後大家都變成是罪人。

10.**椅條**，音 í-tiâu，但現在大多數人都稱 í-liâu，就因為 í-tiâu 發音較饒舌，或口耳相傳而失去準頭，這就是方音差。

【第二章】
河洛漢字之理論 ·······················

　　發展於黃河、洛水一帶的語言稱河洛話。當文字發明之後，人們賦予文的聲音就形成字，今通稱文字。中原附近的漢語系民族頗多，當一個語言、文字為大家所採用，稱通語。若一個文字，被賦予各漢族的發音，形成一字多音的現象。而相同的漢族，有多人同時在造字，就會造出一音多字的情形，例如：振、震，宏、弘等。當人們開始讀書識字的時候，語言文字的差異就變成大問題了。此時有人提出標準音的概念，但當時沒有注音符號，怎麼替所造的字標注發音呢？從西方來的胡人，按胡人的語言特性，提供標注漢字發音的方法，稱反切法。

河洛漢字

　　不同漢語系民族有不同的語言用字，各方造字的觀點不同，所造之字雖不同，然仍植基於同義字的概念。若不同漢語系民族的同義字經常一起出現，稱同義複詞。

　　不同漢語系方言用字的總集合，形成今天幾近十萬字的龐大漢字庫。《說文解字》簡稱《說文》，是東漢許慎編著的文字工具書，類似現今的字典，全書共分 540 個部首，收 9,353 個字，而今天的漢字總數接近十萬個字，即是個例證。

同義複詞

具有相同或類似字義的兩個漢字，經常一起出現，例如：拍打、烏黑、疼痛等，謂之同義複詞。

大小，臺語大細 tuā-sè；高低，臺語懸低 kuân-kē；高矮，臺語懸矮 kuân-é；長寬，臺語長闊 tn̂g-khuah；黑白，臺語烏白 oo-pe̍h；多少，臺語濟少 tsē-tsió；胖瘦，臺語肥瘦 puî-sán[1]。

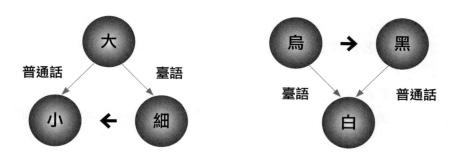

您有沒有注意到，您看到跟念出來的音，是不同的兩個字，何也？因為臺語有臺語漢字，普通話有普通話用字，雙方的差異「細小」、「高懸」、「寬闊」、「烏黑」、「多濟」、「肥胖」，但兩者是同義字的關係，稱同義複詞。濟，

---

1 瘦，教育部歸類在替代用字，因為跟韻書對應不起來。其實，白讀早於韻書，怎麼對應呢！

古代就是多的意思，例：人才濟濟。現在濟雖然是助的意思，但就是因為有多餘才可以助人，請參閱本書後面章節裡的引申用法。

但長短的臺語念 tn̂g-té ？非也，短的臺語漢字已近兩千年未使用，就保留在西漢揚雄《方言》第十三卷一〇三條目：「䠡，短也。」。跟綴，同義複詞。跟，臺語綴 tè。䠡音 té，因字型左邊「叕」的關係，叕《唐韻》陟劣切，連也。䠡，造字的本義即接連的出現，比喻時間很短的意思。或許是電腦無此字的關係，目前個人只找到西漢揚雄《方言》乙書有此一記載。

河洛人失去教育主導權已久矣。人們多已忘記如何書寫，而只是看著普通話的漢字，嘴裡唸著河洛話的音。因此，要重建河洛漢字，可以透過普通話的漢字，找出該字的相關同義字，即廣義的同義字（包括引申字義），即可找到河洛漢字的本字。筆者在明‧馮夢龍《醒世恆言》乙書，發現第十七卷同時存在「打開」與「拍開」乙詞，在喃喃自語「拍打」乙詞的時候，兒子突然一句：「爸，那是漢字的同義複詞。」竟發現同義複詞存在普通話與河洛話的對照關係，即講臺語的族群，天生就內建一套翻譯系統，眼睛看到「打開」嘴巴卻說「拍開」。

看到打唸拍 phah（拍打）、看到黑唸烏 oo（烏黑）、看到痛唸疼 thiànn（疼痛），這就是臺語最大的特色。究其主因，係講臺語的族群沒有教育主導權，先人為保留固有的母語，看到官話用字，唸自己母語的音。因此，只要找出華語

的同義複詞，即可快速找到對應的臺語漢字。例：《拍案驚奇》：第三十八卷：「只見一個人落後走來，望著員外、媽媽施禮。」第三十九卷卻寫著：「差個知事的吏典，代縣令親身行禮。」前句施禮，後句行禮。施行，同義複詞。但臺語採用「行禮」乙詞。

在民間早期的漢學教育裡面，對於漢字「打」的教法，文讀唸作 tánn，白讀音 phah。然仔細推敲之後，發現白讀 phah 的本字是「拍」，即文白各有其語言文字。拍打，同義複詞。即同義複詞藏有普通話與河洛話，或者稱近代漢語與上古漢語的對應關係。

根據吾人前述理論，以「竹筍最嫩的地方」乙詞為例，最就是上的意思（本義是上的上面，如同英文最高級加 est 的意思），所以常見「最上面」乙詞。嫩就是細（細嫩）、細就是小（細小）、小就是幼（幼小），的古代用字是之（文讀 tsi、白讀 ê），地方臺語稱所在，所以整句話用臺語寫就是「竹筍上幼之所在。」這就是用字不同，但都基於同義字的關係。

2017 年 3 月 1 日，理查·費納根的一本書，The Narrow Road to The Deep North 中文書名譯作《行過地獄之路》，白讀 kiânn-kuè-tē-gȧk-ê-lōo，就是「之」字用法的最佳展現。而在《三國演義》乙書中，幾乎找不到「的」這個字，這個字並非臺語的常用字。

另外，像是英文主詞的你 You、我 I、他 He 三個字，河洛話分別寫作你、我、伊，其中「伊」這個字，早在詩經：「所謂伊人，在水一方。」就已經出現。

常見的同義複詞如下：

同義複詞	文讀用字	白讀用字	說明
烏黑	黑	烏	黑雲＝烏雲
庇佑	佑	庇	保佑＝保庇
毛髮	髮	毛	頭髮＝頭毛
亮光	亮	光	天亮＝天光
疼痛	痛	疼	心痛＝心疼
燈火	燈	火	電燈＝電火
衣衫	衣	衫	穿衣＝穿衫
下落	下	落	下雨＝落雨
頂上	上	頂	山上＝山頂
腳下	下	腳	山下＝山腳
缺失	缺	失	缺德＝失德
欠缺	缺	欠	缺錢＝欠錢
缺少	缺	少	缺一本書＝少一本書
流露	流	露	流氓＝露氓
多加	多	加	多寡＝加寡
鬥湊	湊	鬥	湊出錢＝鬥出錢
傾斜	傾	斜	傾倒＝斜倒

同義複詞	文讀用字	白讀用字	説明
身世	世	身	過世＝過身
兒子	子	兒	桌子＝桌兒

　　漢字一字多義，如上例的缺失、欠缺、缺少或下落、腳下（腳在人的最下方），用字必然基於同義字（含廣義）的關係。例：三重市，民間稱三重埔，指的均是同一個地方。

流氓

　　民間多誤作「鱸鰻」。流露，同義複詞。流氓，即露氓，音 lôo-muâ。大陸民間尚有露氓梯，主要功能係可搭上民家的二樓，搶掠民女之用。

　　臺語找不到本詞對應的漢字，就採用同音的「鱸鰻」乙詞。然後，如同「抓姦」乙詞，栽贓給猴子般，就説鱸鰻很兇，宛如魚類的流氓一般，最後約定成俗，成為臺語本字。偌大家都不注重本字，那為何還教小孩子臺語呢？

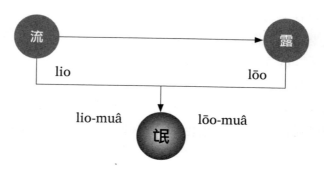

挎

　　文讀 koo，《唐韻》：「苦胡切，音枯，持也。」挎，白讀 kuâ，造字係扌、跨（省略足）的組合，指跨過手，放在手上的意思。攞，文讀 kuâi，《唐韻》：「苦淮切，音匯，揩摩也，又抆拭也。」攞，白讀 kuānn，造字係扌、匯的組合，指手與物品交匯，指手穿越物品，手持著物品的意思。例：攞籃兒假燒金，音 Kuānn nâ-á ké sio-kim。挎攞，同義複詞。《在綫漢語詞典》：「挎，如：攞著小竹籃。」

糯米

　　即河洛話「糍米」音 tsùt-bí。民間多誤作「秫米」，但秫是一種黃色的穀類，並非時下白色的糯米糍。糯糍，同義複詞。《醒世恆言》第十五卷：「大卿看見恁般標緻，喜得神魂飄蕩，一個揖作了下去，卻像初出鍋的糍粑，軟做一塌，頭也伸不起來。」糍粑為何軟做一塌？因為這就是麻糬。

一樣

　　臺語稱共款，有人稱仝款（仝是同的古字，音 tông）。為什麼臺語稱共款呢？您聽過有志一同這句話吧，一同在某個方面亦是同義字，例：整齊劃一，當大家都意見一致的時候，就是相同稱有志一同。一樣，可以寫作同樣，臺語採共款（共同、款樣，同義複詞），客語稱共樣。這即是前述所稱，漢字係不同漢民族造字的總集合。同這個字很有趣，民間稱年紀相同叫同年，白讀 tâng-nî。這時候，同的發音就跟「銅」一樣

（同的文白異讀），難怪過去大家皆稱漢字有邊讀邊，沒邊就念中間。

罵詈

　　同義複詞。罵，又作駡。詈，音ㄌㄧˋ，臺語 lé，文獻上，《說文》罵也。《韻會》正斥曰罵，旁及曰詈。這是兩種不同型態的罵法，其中《韻會》寫得最明白，當面斥責稱罵，後面罵別人叫詈。即同義複詞是不同觀點下，所造出的漢字集合。

禽胸

　　臺灣有許多小吃，賣雞胸肉或鵝胸肉，臺語稱 khîm-hing，本字是「禽胸」。為什麼稱禽胸呢？雞、鴨、鵝都是禽類，其胸部的肉統稱「禽胸肉」這都是同義字的概念。

開玩笑

　　臺語稱滾耍笑，白讀 kún-sńg-tshiò。滾開，同義複詞。開水，即滾水。玩耍，同義複詞。白讀比文讀早存在，耍念 sńg，非替代用字，何不食肉糜之人，切記！高手在民間，禮失要求諸野。

大出

　　臺灣是個寶島，物產豐富。若某個東西產量很多叫豐收，亦稱盛產，但臺語漢字呢？叫「大出」白讀 tuā-tshut。為什麼

臺語這麼寫？因為盛大、出產是同義複詞，盛就是大、產就是出的意思，臺語採用另一組同義字，就叫大出。

錯誤的文獻不是文獻，但喚起大家對母語的重視，是最主要的貢獻。包括羅馬音也一樣，提供一個便利的注音標準，這點我們都應該給予肯定。所謂：「人情留一線，日後好相見。」這兒的見，臺語都念 khuànn，其實本字就是「看見」的看字。這就是同義複詞的概念。看見這兩個字，雖然都是看的意思，但造字的原理卻不相同，看是一隻手放在眼睛上方，媽祖廟的千里眼是也（有遠眺的意味）；見，眼睛在上面，下面兩隻腳，站著看到對方的意思。同義複詞的兩個漢字之間，通常造字的原理都是正反兩面，德語跟漢語都有同樣的精神。

不同漢民族，對於同一件事情的描述，縱然用字用語不同，但必然是同義的關係，這是不言可喻。若將同義複詞的文白用字拆開，分別用資料庫加以整理，即可發現文白用字不同，並可得知文白用字的演變，及何者係語言優選原則下的產物。

漢語的構詞學

不同漢族造字各異，語言文字統一之後，逐漸融合成一套大的漢語、漢字，形成今天的漢語、漢字系統。我們以孤獨、兒子這兩個同義複詞為例，經過排列組合之後，可以形成孤獨 koo-tȯk、獨孤、孤兒 koo-jî、孤子 koo-kiánn、獨子、兒子及子兒 kiánn-jî 等組合，有臺羅音標的部分代表河洛話的用法，其餘普通話亦可使用。四個漢字，基本上就有七種排列組合。

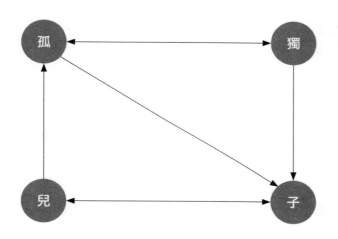

　　漢字係不同漢民族用字的集合，且用字基於同義字的概念。惟經過排列組合之後，更可創造新的名詞與用法。因此，不同漢語系方言透過同義字的概念，即可找到對應的漢字。下面是國、臺、客、粵語用字的對照範例：

國語	臺語	客語	粵語
下雨	落雨	落水	落雨
穿衣	穿衫	著衫	穿衫
吃飯	食飯	食飯	食飯
喝酒	飲酒	飲酒	飲酒

國臺客粵語用字雖然不同，但都植基於同義字的概念。各漢語系族群選用的漢字不同，這屬於構詞學的一部份。

曾有個學者質疑指稱：「雨水，怎麼會是同義字呢，那食水等於食雨嗎？雨在天上，吃得到嗎？」其實，雨水是兩種不同型態的水，雨是天上的水，落到地面變成水，一個型態是天上的水，一個是地上的水。雨在天上當然吃不到，採用「食水」乙詞，這不是很科學嗎？！

找出河洛漢字の方法

要找出河洛漢字，只要列出相關的同義字，即可快速找到河洛漢字。例：壹圓，河洛漢字找法如下：

從圓的相關同義字裡面，可以找到花圈的「圈」字，圈造字是一卷物品，外面以物束之的意思，形音義完全相符。壹圈，音 tsit-khoo，就是正宗的河洛漢字。另外，韓國的貨幣單位稱韓圜，圜《唐韻》王權切《集韻》于權切，與圓同。圓、圜同音異字，如前所述，代表該族群同時有兩個人造字，才出現同音異字的現象。

民間早餐常吃的飯糰（同團），河洛話發「飯丸」、「飯圓」的音 pn̄g-uân。但民間通常採用「飯丸」。門環，河洛話稱門圈，音 mn̂g-khian，這些都是基於同義字的道理。

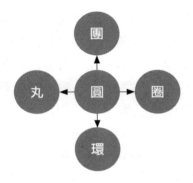

　　另外，我們再來看一下「轉」這個字。旋轉的轉念 tńg，轉動門把的轉念 tsuān，轉彎的轉念 tńg/tńg/tsńg。上方的旋字，指頭髮上有幾個旋轉的圈圈，一個圈圈稱一粒轉，白讀 tsit-liȧp-tńg 或 tsit-liȧp-tsńg。很多人都以為 tńg/tsńg 要寫作旋，您再仔細推敲就知道其原理。

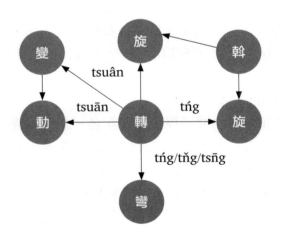

或許有人會説，擔心亦可稱煩惱，這樣有同義複詞嗎？我的答案是。雖然它不是同義複詞，但卻是同義詞的關係。滿足，同義複詞。有老師不認為這兩個字是同義複詞，其實在漢字一字多義之下，這絕對是同義複詞。例如我們盛一桶水，滿了就是好了，滿了就是足夠了，所以滿好就是足好，音 tsiok-hó，絕對不是蠻好。好、滿、足在這個狀況之下，都是同義字的概念。滿足，音 buán-tsiok，同義複詞。西漢揚雄《方言》第一卷第三條目：「娥、嬿，好也。秦曰娥，宋魏之間謂之嬿，秦晉之間，凡好而輕者謂之娥。自關而東河濟之間謂之媌，或謂之姣。趙魏燕代之間曰姝，或曰妦。自關而西秦晉之故都曰妍。好，其通語也。」可知在古代漂亮亦稱「好」，現在稱好漂亮，其實「好」就是漂亮的意思，整句話強調很漂亮的意思。而娥、嬿、媌、姣、姝、妦、妍、好是不同漢族的同義字。

　　從上述的例子，可知要找出臺語漢字，只要找出同義字，即可得知臺語漢字的本字。只有什麼例外，人名、地名、動植物等專有名稱，無法一體適用同義字（詞）的原理。

同義複詞の特性

　　同義複詞分別由文讀與白讀漢字各一個所組成，文在前或白在前，並沒有一個定數，口順的問題決定誰先誰後。為何會有同義複詞的出現，經歸納之後，概有下列幾項特性：

　　1. 古字與後起之字併呈，以利學習古字。
　　2. 同義複詞兩字的造字原理不同，但意義相同或近乎相

同。例：腫脹，同義複詞。腫，代表肉凸起的意思，造字是肉變重的意思。脹，代表肉凸起的意思，造字是肉變長的意思。造字原理雖不同，但都是相同的意思。

3. 漢字同義字頗多，同義字具有一對一、一對多、多對一及遞移性。例：保佑，即保庇，是一對一的關係。傾斜、傾倒，傾的同義字包括斜、倒兩個字，即一對多的關係。臉面、顏面，臉、顏兩字對應面，是多對一的關係。狹窄、窄隘，衍生出狹隘，這就是同義複詞的遞移性。

檢測臺語漢字の方法

同義複詞，即然為普通話與河洛話（國語與臺語）的對照表。那如何檢測臺語漢字呢？近年來，Google 已經沒有版權的古書掃描辨識成文字，變成龐大的漢字文獻資料，我們可以利用 Google 漢學巨量資料庫，透過同義複詞檢索方法，驗證何者係臺語漢字。

若懷疑某字係臺語漢字，可透過谷歌（Google）的搜尋引擎，尋找是否存在同義複詞的文獻，即代表該字為臺語漢字。例：飆駕（飆車，即駕車）。只要將「飆駕」兩字輸入Google，即可找到文獻出處，例如：「飆駕，亦作『飈駕』，即飆車。」宋·柳永《巫山一段雲》：「羽輪飈駕赴層城，高會盡仙卿。」就代表「駕車」才是臺語本字，不是「尬車」喔！駕車，即競速的意思。難怪古代的文獻甚少使用駕車，而採用「車駕」乙詞，例：「車駕幸蜀。」概因為「駕車」有特

別的意義所致。

因此，要檢測一個漢字，是不是河洛漢字？只要將普通話用字與可能的漢字，兩者合併為同義複詞，輸入 Google 檢索漢學巨量資料庫，若可以找到相關文獻，該字就是河洛漢字的本字。例：盼望，在古書常見「顒望」乙詞，要證明「顒望」即河洛話 ǹg-bāng，只要輸入「顒盼」或「盼顒」至 Google 巨量資料庫，若可以找到文獻就對了！

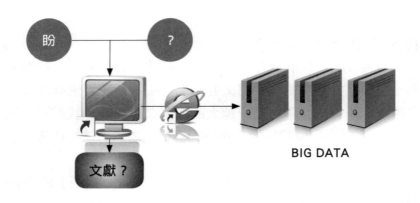

Google 檢索找到明・朱鼎《玉鏡臺記・拘溫家屬》：「眼睜睜倚門顒盼，悶懨懨憑欄長嘆。」即可證明「顒盼」是同義複詞。顒望，音 ǹg-bāng，才是河洛漢字的本字，而非現行臺語界的用字「向望」。

倒裝詞

　　兩個字形成的一個詞，若有另一個語言，將這兩個字對調使用，稱「倒裝詞」或稱「逆序詞」。

　　漢字逐字分開唸沒有問題，但組合在一起形成一個詞，有時唸起來就卡卡的，為解決順口的問題，會嘗試將兩個字倒著唸，即倒裝詞。倒裝詞用於改善口順的問題，例如：普通話「介紹」乙詞，在古代稱「紹介」，介紹就是倒裝詞。普通話「喜歡」乙詞，臺語稱「歡喜」，相對於普通話，臺語「歡喜」乙詞就是倒裝詞。若歡喜早於喜歡，喜歡就是倒裝詞。

　　倒裝詞的現象非常普遍，例：公雞，河洛話雞公 ke-kang、母雞，河洛話雞母 ke-bó、客人，河洛話人客 lâng-kheh、顢頇，河洛話頇顢，音 hân-bān。而下面兩個詞源自普通話的倒裝詞，且符合前述八音範圍內，可自由升降聲調值的原則，一是颱風，河洛話風颱 hong-thai，另一個是習慣，河洛話慣習 kuàn-sì（屬層次音）。前述的「頇顢」乙詞，河洛話指笨手笨腳、差勁的意思。遠在兩千年前，西漢揚雄《方言》即記載作「漢漫」，漢漫與頇顢同音異字，即當時採記音字的方式處理。下面是常見的倒裝詞範例：

普通話	河洛話	河洛音	文獻
習慣	慣習	kuàn-sì	臺語源自普通話的倒裝詞。
介紹	紹介	siāu-kài	勝請為紹介而見之於先生《魯仲連鄒陽列傳》

普通話	河洛話	河洛音	文獻
蹺蹊	蹊蹺	khiau-khi	《京本通俗小說·錯斬崔寧》：「小娘子與那後生看見趕得蹊蹺，都立住了腳。」
颱風	風颱	hong-thai	臺語源自普通話的倒裝詞。
緊要	要緊	iàu-kín	最要緊的，只看我有子無子。《初刻拍案驚奇·卷三十八》
日曆	曆日	làh-jit	當下三人計議已定，拿本曆日來看，來日上吉《二刻拍案驚奇》
前進	進前	tsìn-tsîng	進前一看，孟沂驚道：「怎生屋宇俱無了？」《二刻拍案驚奇》
壁後	後壁	āu-piah	即起身躲在後壁，聲也不敢則。《醒世恆言》
熱鬧	鬧熱	lāu-jiàt	《西遊記》第三十九回：「那師徒進得城來，只見街市上人物齊整，風光鬧熱。」

　　並非所有的詞，都可以採用倒裝詞。某些詞，採用倒裝詞之後，意思就不一樣。例：牛乳，倒裝詞「乳牛」音 ling-gû；蜜蜂，倒裝詞「蜂蜜」音 phang-bit；成親，倒裝詞「親成」音 tshin-tsiânn；主公，倒裝詞「公主」音 kong-tsú。

同義字與倒裝詞的運用

　　臺語並非沒有文字，只是官話的發音系統不同，構詞學不一樣而已。透過前述同義複詞與倒裝詞的轉換，即可大部分的

問題。其餘幾乎都是一字多音以音別義、外來語或專有名詞的問題。下面筆者用幾個範例，為讀者演繹找出臺語漢字的方法。

自家人

第一個範例是「自家人」乙詞，這個詞常見於明清話本小說，如三言二拍等，即臺語「家己人」的意思。

步驟一：將「自家人」乙詞的「自」字，換成同義字「己」。自，《集韻》己也，變成「己家人」乙詞。

步驟二：將「己家」兩字對調，形成「家己人」乙詞，即臺語漢字本字，音 ka-kī-lâng。

大掃除

第二個範例是過年常見的「大掃除」乙詞，意指將舊有的東西、不要的東西，來個除舊佈新的意思。本詞透過同義複詞與倒裝詞的轉換，同樣可以產生臺語漢字的本字。

步驟一：將大掃除的「除」換成同義字「摒」，摒《博雅》除也，變成「大掃摒」。

步驟二：掃摒，唸起來不順口，可採倒裝詞將「掃摒」兩字顛倒過來，就形成臺語漢字「大摒掃」乙詞，音 tuā-piànn-sàu。

無用途

第三個範例是沒有用途，沒有就是「無」，即「無用途」的意思。此詞即臺語漢字「無路用」乙詞，音 bô-lōo-īng，又可唸作 bô-lōo-iōng。

步驟一：將用途的途，換成同義字「路」。路，《說文》道也。《爾雅‧釋宮》旅途也。途《玉篇》路也。《廣韻》道也。道路、路途，同義複詞。

步驟二：將「用路」轉成倒裝詞，形成「無路用」乙詞。

　　在臺灣，整天遊手好閒的人，稱浮浪貢。甚至有人稱「無路用之人」或「無什小路用」。

湊熱鬧

　　講臺語的族群，看到「湊熱鬧」乙詞，唸 tàu-lāu-liàt。可是這三個字根本不是這麼唸，但講臺語的人天生內建一套翻譯系統，看到國語字唸臺語字的音，唸起來不順口，還自動採用倒裝詞的規則。

　　下面是「湊熱鬧」乙詞，怎麼變成「鬥鬧熱」的方法（鬥，同鬪或鬭）。

步驟一：湊，就是鬥的意思。《秦朝野史》：蕭何見劉邦入門，兩手空空，知他萬錢都是假話，便笑道：「劉季本來喜為大言，都無實事。……餘人因受恩無以為報，便大家鬥出錢文，買得美酒兩壺，鹿肚、牛肝各一具，……」《朱子語類》卷六四：「此隻將別人語言鬥湊成篇，本末次第終始總合，如此縝密。」卷六八：「許多嘉美一時鬥湊到此，故謂之會。」印證「鬥湊」乙詞，是同義複詞的關係。

步驟二：普通話「熱鬧」很順口，但「鬧熱」就有點饒舌。臺語「熱鬧」卡卡的，但「鬧熱」就很順，這就是倒裝詞的妙處。

蔬食

　　第五個範例是國語常見的「蔬食」乙詞，蔬食裡面的食材都沒有肉，跟吃素是相同的意思，透過同義複詞與倒裝詞的轉換，就可以知道，原來蔬食就是臺語的哪個詞？

　　步驟一：將蔬食的「蔬」換成同義字「菜」。蔬《説文解字》菜也，置換之後變成「菜食」乙詞。菜《説文》草之可食者。《增韻》蔬也。

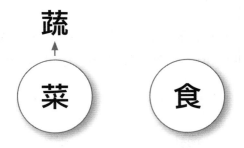

步驟二：菜食，經過倒裝詞將「菜食」兩字交換過來，就形成臺語漢字「食菜」乙詞，音 tsiah-tshài。食，《說文》喫也，同「吃」字。

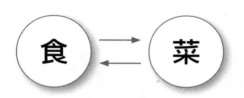

　　許多漢語詞句都可如法泡製，只是我們並未加以留意，而非河洛話（臺語）沒有漢字。下面這幾個詞，包括小鴨子（鴨微兒）、容顏（面容）等詞，您可以按上述之法，自行演練一下。

贅音

　　贅音就是多餘不必要的尾音或轉音，河洛話文讀的贅音字是「子」，白讀採用「兒」（兒子，同義複詞），白讀音 á，例：囝兒 gín-á。

　　在漢字裡邊，一個詞至少由兩個字組成，若一個字的名詞，通常會加上贅音，讓講話更順暢、聲調更好聽，例：桌，變桌兒、椅，唸椅兒、驢，稱驢兒、帖叫帖兒。另外，像是「明早」乙詞，河洛話不好唸，因此將贅音插在「明早」兩字

的之間，當贅音（轉音）使用，白話音 bîn-á-tsài。其中「早」的發音，由 tsai 變成 tsài，完全符合八音自由升降調值的原則。為什麼清宮大戲《甄嬛傳》經常出現「明兒早」乙詞，主要就是河洛話直接轉譯成普通話的緣故。

在古代「子」是一種謙稱，例：孔子。這個用法也傳到日本，例如松島菜菜子、美奈子、酒井法子等。兒，則是臺語的謙稱，代表比較小的意思。例：孩兒 hâi-jî（文讀），囝兒 gín-á（白讀）、鞋子，鞋兒 ê-á（白讀）、帖子，帖兒 thiap-á（白讀）。

孩囝，同義複詞。孩，子、亥的組合，指亥時出生的小孩，是當天出生的小孩之中，年紀最小的小孩。囝，囗、子的組合，囗是象形字，代表產道的意思，剛從產道出生的小孩，稱囝。透過漢字的形音義分析，可以更透徹的瞭解漢字系統。

兒，是河洛漢字，獅子會河洛話稱「獅兒會」白讀 sai-á-huē。很多獅子會的成員，咸認為「獅兒會」有輕蔑的意味，其實並非如此，那只是河洛話的用法而已。另外，兒在河洛話

尚有輩分較低或年紀較輕的意思，例：舅兒、阿叔兒。舅兒，白讀 kū-á，指舅舅的年紀比你小。阿叔兒，白讀 a-tsik-á，指媽媽的年紀比叔叔大的意思。兄長，兄的年紀一定比較年長，所以不能稱阿兄兒。這句話在南部，指攆棺材的大哥，您這樣說的話，可會惹來麻煩的，不可不慎！

兒，經常被誤作「仔」，粵語音 zai2 或 zi2，如桌仔（桌子）、椅仔（椅子）、明仔載（明兒早）等，這都是誤用漢字的結果。

仔細，同義複詞。仔，細也。仔兔，指小兔子的意思，「仔」臺語白讀 tsì，非唸 á。牛仔褲，網路有人寫作「牛兒褲」乙詞，確為臺語漢字的本字。

《醒世恆言》第十五卷：「嚇得個空照臉兒就如七八樣的顏色染的，一搭兒紅一搭兒青，心頭恰像千百個鐵錘打的，一回兒上一回兒下，半句也對不出，半步也行不動。」裡面的「一搭兒紅，一搭兒青」的用法，就是最佳的證明之一。《康熙字典》記載：「仔，音子。」教育部也多次修正「仔」的音（無ㄗㄞˇ的音），造成民間諸多的困擾。

連音

　　連音，就是將兩個字唸快一點，變成一個音謂之。

　　漢語系的語言，都有連音的用法，例：就這樣子，大學生在過去 MSN 流行期間寫作「就醬子」醬，即「這樣」的連音。漢‧史記‧吳太伯世家：「先王有命，兄卒弟代立，必致季子。季子今逃位，則王餘眜後立。今卒，其子當代。」逃位，即逃離位置，不知去向的意思，不知在哪兒的意思。臺語說：「走去逃位。」逃位，常以普通話連音成ㄉㄨㄟ、的音，變成 tsáu- khì- ㄉㄨㄟ、，今臺語漢字「佗位」形義不符，光音對有什麼用。

　　過去我們常開玩笑的說，廿六個英文字母我都會念，但合再一起就不會唸了。漢字也一樣，分開念我們都會念，但合在一起念就偶爾會有卡卡的情形。例：這一個，這 tse、一 tsit，把「這一」連音唸作這個。【註】這就是鐘文出版社《辭海》所謂的急讀，如下圖。

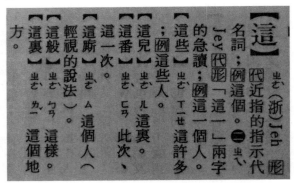

連音，宛如韻書的切音一般，由兩個字的音所組成。河洛話對於難唸的兩個字，或為了加快速度，將速度唸快一點，就形成連音的效果。例：河洛話「出來講，」唸快一點就形成普通話「踹共」的音，但「出來講」才是本字，而非「踹共」喔。讀音系統亦有如此的用法，例：不消如此，消即「須要」的連音。要有ㄧㄠ的ㄧㄠ、兩個音，此處採用前者的ㄧㄠ音。

下面是常見的稱呼代名詞，河洛話白讀沒有對應的漢字，而採用連音的方式處理。如下表：

稱呼代名詞	漢字	連音／拗音
第一人稱複數代名詞	我們 guá-bûn	guán
第二人稱複數代名詞	你們 lí-bûn	lín
第三人稱複數代名詞	伊們 i-bûn	in
第一、二人稱複數代名詞	你俺 lí-án	lán

另外，尚有許多找不到對應漢字的問題，都是連音／拗音造成的。下面是常見找不到漢字的用法：

毋愛

不要，河洛話毋愛，音。不，就是毋，音 m̄。愛，音 ài。將「毋愛」兩字連音，就形成 m̄ài 的音。很多人找不到本字，就採用「麥」字。

小時候的兒歌有：「大圈呆，炒韭菜，燒燒一碗來，冷冷

我們無愛。」人家在唱此兒歌的同時，您的心情正當不爽的時候，通常會說：「不要吵」不要就是毋愛，即河洛話「毋愛吵」。

【註】大圈，指肚子很大一圈，就是胖的意思。

無會

我會曉，是肯定句。我無會曉，是河洛話的否定句。將「無會」兩字連音，就形成 bē 的音。民間採用替代用字「袂」，但這是很不負責任的，其實，只要將原理教給學生，大家都會自行演繹。

彼答

彼答，音 hit-tah，就是那答的意思。在元朝盧摯《沉醉東風·閒居》有「那答」的用法：

恰離了綠水青山那答，
早來到竹籬茅舍人家。
野花路畔開，
村酒槽頭榨。
直吃的欠欠答答。
醉了山童不勸咱，
白髮上黃花亂插。

而《醒世恆言》第三十九卷：「拼幾日工夫，到那答地方，尋訪消息。」那答，指哪兒有人回答，引申為那兒的意思。那，就是河洛話「彼」，音 he。彼 he、一 tsit，兩字連音再拗音成 hit。因此「那答」乙詞，河洛話就變成「彼答」，音 hit-tah。

遷延

遷延，音 tshian-iân，耽擱、遲延的意思。兩字的連音 tshiân，民間多誤作「延延」。

《三國演義》第二十二回：「以明公之神武，撫河朔之強盛，興兵討曹賊，易如反掌，何必遷延日月？」《封神演義》第十九回：「昨日傳琴，為何不盡心傳琴，反遷延時刻，這有何說？」

不消如此

不消，常見於明清話本小說，就是普通話「不<u>須要</u>」的「須要」連音，形成消的音所致。顯然普通話亦沿用河洛話連音的理論。

拗音

　　拗音，就是將兩個字唸快一點（急讀），但在變成一個音的過程中，會加入或消除某個音謂之拗音。拗音、連音、倒裝詞與贅音等，漢語都應用在解決口順的問題。下面是常見的連音之後，產生拗音的例子。

走一遭兒

　　遭，文讀音 tso，與贅音兒 á，形成 tsoá 的音，最後拗音成 tsuā（符合八音的範圍可自由升降調值的規則）。民間採用「走一逝」的用法，完全脫離河洛漢字的用法（請見常見的錯誤「咒詛」乙詞）。逝，逝去的意思，且有一去不回頭的意味，例如：子曰：「逝者如斯夫。」嘆時間如流水，一去不復返。

咬紙兒

　　蟑螂很喜歡吃紙張，是抽屜裡面契約書的殺手，臺語稱「咬紙兒」。

　　咬紙兒，白讀 kā-tsuá-á，拗音 kā-tsuáh。然後，按八音自由升降調值的原則，音 ka-tsuáh。本詞與「壁虎」如出一轍，壁虎因為嗜食蚊蟲，臺語稱「善蟲兒」，跟蟑螂有異曲同工之妙，且蟑螂兩字，蟑，造字是虫、章的組合，即蟲吃文章（紙張）的意思，可說是非常地貼切。

無加濟兒

沒有更多，即沒有用的意思。

沒有就是「無」。加，日語音 kah。濟，就是多，音 tsuē。加上贅音「兒」，就形成 bô-kah-tsua。從本詞的語源來看，濟的發音源自泉州音，這就是本書一再強調，泉州音是最古老的漢語。

鱟桸兒

鱟桸，文讀 hāu-hi，廚房的用具之一，指用鱟殼製成的杓子，今泛指較大型的舀水杓子。鱟桸，本詞加入贅音「兒」，並將「桸兒」連音，就拗音成 hāu-hia 的音。在臺灣民間，鱟桸兒和飯籬（籬通篱）pn̄g-lē 是廚房的炊具。假若您沒聽過，問問家裡的長輩即可知。

形義字

形義字，即以形表其義的意思。

在漢字裡面有許多漢字非常有意思，例：共、同、仝等字，其中同通仝。這三個字均有一個特性，從字的中間由上往下切開、對摺，兩邊都是對稱的狀態，所以這三個字都有相同的意思。

這三個字，造字的觀點都相同。因為具有左右對稱的特點，所以都有相同的意思。共同，同義複詞。相同，按同義複詞理論，河洛話稱相共，音 sio-kāng。

形聲字

形聲字基於象形、會意、指事的基礎上，通常由兩個部分組成，一個意符，另一是聲符，其中聲符音近即可，不需要太精確。許慎：「形聲者，以事為名，取譬相成，江、河是也。」江河，即形聲字。江，取工的聲音。河，取何（省略亻）的聲音。常見的形聲字如下：

1. **嗎**，口、馬的組合，口字旁，並以馬而得音，這是典型的形聲字。
2. **捉**，扌、促的組合，文讀音 tshiok，就是借用「促」的聲音，即形聲字。捉，本義是催促手去抓東西的意思，故文讀發「促」的音。
3. **颼**，風、叟的組合，借叟的音當風的聲音，形聲字。

另外，某些字以形得其聲（會意），係另一種形聲字的型態。這些常見的文字臚列說明如下：

1. **太**：太字有如大字「鑲」上一點，河洛話白讀 siunn，本字的音源自「鑲」。
2. **圈**：圈字由口、卷組成，取一卷外由一個綑綁之物綁牢之意，河洛話白讀 khoo。例：花圈，音 hue-khoo。
3. **只**：只的字形，下方有如兩隻腳，河洛話白讀 kha。例：一只皮箱，音 tsit-kha-phuê-siunn。

4. **曾**：曾的古字上面兩撇有如八，河洛話白讀 pat。例：
   我曾看過你，音 guá-pat-khuànn-kuè-lí。

5. **恰**：造字係忄（心）、合的組合，兩個心相合必相接
   觸，故音 tú。

　　以上是形聲字的兩種主要的型態，一個意符，另一是聲
符。過去我們對漢字瞭解不夠深，經常以同音或類同音字為
之，造成誤用漢字的情形。若不重視漢字本字，同一漢字意義
不同，將致學生中文程度低落，所學無法與古文接軌，而致學
習紊亂的情形。

疊字

　　疊字，就是兩個字形成的一個詞，重複某個字以強化表達的效果。通常疊字係前後文相關（例：暗摸摸，因光線暗才要伸手摸）或兩個同義字所組成（例：白皙皙，白皙是同義字，用以強化語言的表達力度）。

前疊字

　　前疊字，即疊字出現在前面的意思。例：颼颼叫 siù-siù-kiò，颼颼是用來形容風吼的聲音。

　　常見的前疊字與用法說明如下：

1. **嚇嚇叫**：音 heh-heh-kiò，代表很吵的意思。若音 siah-siah-kiò，代表一個人的表現很好的意思。（以音區別字義的原則）
2. **媽媽號**：音 má-má-háu，哭著找媽媽的意思。
3. **哀哀叫**：音 ai-ai-kiò，受到鞭打而求饒的聲音。
4. **吱吱叫**：音 ki-ki-kiò，受到驚嚇而歇斯底里的大叫。
5. **嘰嘰叫**：音 ki-ki-kiò，指麻雀吵雜的叫聲。（本句亦適用普通話）
6. **糾糾纏**：音 ko-ko-tînn，指死纏爛打的意思。糾原不發 ko 的音，但如同鳳梨轉旺梨一般，就唸做 ko 的音，致有人寫作膏膏纏。
7. **适适行**：音 kok-kok-kiânn，例：人叫毋行，鬼叫适适

行。

8. **恰恰好**：音 tú-tú-hó，例：兩個孩子（囝兒）恰恰好。潮流衣服專賣店：「燈籠褲配合冬季背心新穎入秋穿剛恰。」剛恰，同義複詞。剛才，即恰才 tú-tsiah。《拍案驚奇》第三十六卷：「你恰恰這日下山，這裡恰恰有脫逃被殺之女同在井中，天下有這樣湊巧的事？」恰，今多誤用為「柱」字。

9. **沒沒洇**：音 bȯk-bȯk-siû，在水中載浮載沉。另有一詞意思相近，稱汩沒洇，音 bit-bȯk-siû。

10. **咕咕叫**：音 ku-ku-kiò，肚子餓所發出的聲音，例：我之腹肚枵到咕咕叫。

11. **營營飛**：音 iânn-iânn-pue，例：蒼蠅（雨蠅）營營飛，即蒼蠅為了生活汲汲營營的找食物。

12. **直直駛**：音 tit-tit-sái，開車的時候，要駕駛直直走的意思。

後疊字

後疊字，即疊字出現在後面的意思。例：白皙皙 pėh-siak-siak，「白皙」皆是白的意思，用來強化形容很白的意思，千萬別寫作「白摔摔」或「白帥帥」，這就讓人感覺臺語沒有水準。《二刻拍案驚奇》第二卷：「白皙皙臉搽胡粉，紅霏霏頭戴絨花。」就有本詞的用法。常見的後疊字與用法說明如下：

1. **紅記記**：音 âng-kì-kì，指身上有紅色的記號或胎記，代

表很紅的意思。

2. **烏抹抹**：音 oo-má-mâh，抹拭桌子之後，發現桌布很黑的意思。

3. **暗摸摸**：音 àm-bong-bong，指光線很暗，需要伸手摸路前進的意思。

4. **烏黔黔**：音 oo-kam-kam，指光線不明，很暗的意思。

5. **貴蔘蔘**：音 kuì-som-som，形容東西很貴，貴的像人蔘一樣，不能碰的意思。

6. **陰森森**：音 im-som-som，指陰冷之氣很重，很恐怖的意思。

7. **肥滋滋**：音 puî-tsut-tsut，指很胖，油很多的意思。

8. **笑嘻嘻**：音 tshiò-hi-hi，《拍案驚奇》第一卷：「笑嘻嘻地走進去，叫安童四人托出四個盤來。」

9. **笑吟吟**：普通話的疊字，《拍案驚奇》第一卷：「笑吟吟地一鞭去了，看得人見沒得賣了，一哄而散。」

10. **氣憤憤**：音 khì-hut-hut，很憤怒的樣子。

11. **密稠稠**：音 bat-tsiuh-tsiuh，指東西的密度很高。稠，發周的變音。

12. **記牢牢**：音 kì-tiâu-tiâu，源自牢牢記住乙詞的倒裝詞「記牢牢」。

13. **老耄耄**：音 láu-mòo-mòo，《韻補》莫故切。文讀 bòo，白讀 mòo。《禮・曲禮》八十、九十曰耄。又【釋名】七十曰耄。頭髮白，耄耄然也。

14. **燒烘烘**：音 sio-hong-hong，用火燒烤的很熱的意思。

本詞源自「熱烘烘」。燒熱，同義複詞。

15. **燒滾滾**：音 sio-kún-kún，水燒開了，強強滾的意思。

16. **燒燙燙**：音 sio-thǹg-thǹg，只東西的溫度很高，摸起來或感覺起來會燙人的意思。燙，湯、火的組合，指熱水底下又持續加熱，很燙的意思。

全疊字

全疊字，即兩個字形成的一個詞，都以疊字的形式出現。

例：奇怪，變成「奇奇怪怪。」

常見的全疊字與用法說明如下：

1. **烏烏暗暗**：音 oo-oo-àm-àm，指很暗的意思。

2. **坎坎坷坷**：音 khám-khám-khiát-khiát，形容道路崎嶇不平，難以行走的意思，用以比喻人生際遇不順的意思。

3. **喃喃呐呐**：音 lâm-lâm-ne-ne，指話在嘴裡，有點在心裡呐喊說不清楚的意思。

4. **答答滴滴**：音 táp-táp-tih-tih。滴滴答答，倒裝詞「答答滴滴」即水滴下來的聲音，零零落落、參差不齊的意思。惟臺語界竟然採用「沓沓滴滴」，可以說是「青蛙跳水。」

5. **躋躋蹌蹌**：音 tshī-tshī-tsháh-tsháh，熱鬧滾滾的意思。《拍案驚奇》第一卷：「金老見了四子躋躋蹌蹌，心中歡喜。」另有一詞是「無閒躋蹌」只忙到手忙腳亂的意思。

6. **渺渺茫茫**：倒裝詞茫茫渺渺，音 bông-bông-biáu-biáu，指前途茫茫的意思。《拍案驚奇》第一卷：「卻在渺渺茫茫做夢不到的去處，得了一主沒頭沒腦錢財，變成巨富。」

7. **狼狼犺犺**：音 lōng-lōng-khòng-khòng，《拍案驚奇》第一卷：「那艙裡狼狼犺犺這件東西，早先看見了。」本詞指大而無當的意思。

8. **閃閃爍爍**：音 siám-siám-sih-sih，指一明一滅的光。《拍案驚奇》第一卷：「討個黑漆的盤，其珠滾一個不定，閃閃爍爍，約有尺餘亮處。」

9. **粘粘涎涎**：音 liâm-liâm-siân-siân，指被黏膩的東西給弄溼了。《拍案驚奇》第六卷：「又將手摸摸自己陰處，見是粘粘涎涎的。」

10. **吵吵鬧鬧**：音 tshá-tshá-nāu-nāu，指很吵的意思。

11. **彎彎曲曲**：音 uan-uan-khiau-khiau，指東西或道路不直得意思。

12. **清清氣氣**：音 tshing-tshing-khì-khì，原指空氣乾淨，後引申為乾乾淨淨的意思。

13. **濕濕渚渚**：音 sip-sip-tâm-tâm。濕，溼的俗字，即物品沾到水，潮濕的意思。明·呂天成《繡榻野史》：「又不應，輕輕把些噦唾塗在手指頭上，就往麻氏屄邊擦了，正好拍開，就將噦唾擦了無數，弄的屄門邊濕濕渚渚的了。」渚，造字係氵、沓（疊）的組合，即潮濕的意思。渚，民間多將本字誤作「澹」字。

外來語

　　方言相對於另一種方言（包括官話），亦可稱外來語。外來語按照外來語唸即可，不用特別翻成臺語。

　　漢語對於外來語，向來採取有字記載本字，無字記載其音，即記音字方式處理。記音字若廣泛為大眾所採用，即約定俗成，偶而就變成漢字的本字。曾經有某民營銀行的董事長只講臺語，總經理要信用卡中心主任向董事長簡報，且要求全程要講臺語。該主任著實慌了，特別來詢問我有關信用卡、VISA、MasterCard 的臺語怎麼講？我說：「這是外來語，直接唸即可！」若硬是要翻成臺語，可是會貽笑大方的。

　　外來語為什麼要按照原本的發音唸呢？因為外來語是要對外溝通用的，所以怎麼來就怎麼唸？除非此外來語已有適當的翻譯名詞。例：iPhone、iPad 等就直接唸，千萬別翻成「哀鳳」，一點美感都沒有；而像是 Network、Vitamin 已有通用的網路、維他命等詞。其中 Vitamin 乙詞在韓文裡面，亦採直接按外文唸法，這跟漢語的外來語規則是一樣的。

　　文獻記載的外來語之中，西漢揚雄《方言》第一卷第一條目的「黨」字，可能是第一個外來語，其本字即楚語的「懂」。下面是從古至今常見的外來語用字或用詞：

杜狗或杜伯

　　蟋蟀，有的地方稱杜狗，有的地方叫杜伯，臺語稱杜伯兒。在兩千多年前，杜狗、杜伯就已經收錄在文獻。但現在人

們寫作「杜猴」、「杜伯仔」您説誰對誰錯？若照文獻，就是杜狗、杜伯，或許您會説杜狗怎麼可能念杜猴，那您想一想，蝦蛄怎麼臺語念蝦猴呢？掠媌，臺語白讀怎麼念 liaḣ-kâu 呢？這些都是同一音系的用法。

支那

支那，古代印度記載之中土人稱 cina（梵文沒有 h 的音）。

「支那」乙詞，係近代日本人稱呼中國人的蔑稱。其實，大家都誤解「支那」乙詞的含義，本意係指秦朝當時遠至印度的秦人。前述提及河洛話有白讀與文讀的差別，印度記載當時的中土人氏稱 cina（秦人的白讀），但波斯記載係 cini（秦人的文讀）。不同國家的人，初次相遇，通常我們會問對方哪裡人？印度人第一次看見中土來的人，問起您是哪裡人，那個人回答是秦人，於是印度人記載下漢音 cina。後來，cina 被重新翻譯成普通話就變成支那，英文則加入 h 的音，成為 china，即今天中國的國家名稱。支那，後來因為絲路的發展，將中國的絲綢、瓷器等物品，透過絲路銷往西方世界，便成為瓷器（china）的代名詞。

在臺灣，英文 "china" 乙詞變成「菜籃兒」或「阿陸兒」，用以稱呼對岸的人民。當然這只是語言的隔閡，一種稱呼對方的不同方式而已，前者音譯 china（菜籃兒），後者稱呼是對岸大陸來的人（阿陸兒）。若對大陸很不爽的話，臺灣人就稱死阿陸兒，音 sí-a-lák-á。這只是情緒的表達，情感的抒發，若

大家好來好去，哪會有這些用語的出現呢？所謂：「本是同根生，相煎何太急？」

頇顢

顢頇，倒裝詞就是頇顢，即差勁或笨手笨腳的意思。

《方言》第七卷第二十五條目：「漢漫、眠眩，懣也。朝鮮洌水之間煩懣謂之漢漫，顛眴謂之眠眩。」這兒的漢漫，即朝鮮洌水之間的方言，因當時不知漢字怎麼寫？故採記音字方式記載漢漫，即今之「頇顢」乙詞。早期的國文課本，對於「頇顢」乙詞的解釋，可說是越解釋越模糊。因為普通話的族群根本不知本詞的含義，若用臺語表達，就非常貼切且不可言喻。

金叵羅

叵羅，是魏晉南北朝自西域傳入的酒杯（寬口底淺），來自西域語的異音，與英語的酒杯（bowl）相當接近。

金叵羅，即金製的酒杯。《北齊書》卷三十九〈祖珽列傳〉：「後為神武中外府功曹，神武宴僚屬，於坐失金叵羅，竇泰令飲酒者皆脫帽，於珽髻上得之，神武不能罪也。」明·唐寅《進酒歌》：「吾生莫放金叵羅，請君聽我進酒歌。」皆是此詞的相關記載。

歐巴桑

在臺灣，年長的婦人河洛話稱阿婆。

日文稱年輕的婦人おばさん（obasan），本詞在日治時期傳入臺灣，臺語稱歐巴桑，即記音字。然臺灣對於歐巴桑的解釋，則是趨向於年長的婦人，而非年輕的婦人。

phàng

phàng，音胖，漢字寫作麵包，河洛話沒有此字，係外來語直接唸即可。另外，或直接寫作「胖」更好，據說吃麵包容易胖。

2010 年吳寶春拿到世界麵包冠軍之後，phàng 再度成為熱門的話題。2012 年，電影《世界第一麥方》就是改編自吳寶春參加世界麵包競賽拿到冠軍的故事。（麥方）該電影新創的字，就是臺語的ㄆㄤ、，即麵包（日語：パン）。

麵包源自葡萄牙語 phàng，音同胖，係源自日據時代日語的外來語的パン，語源可能是葡萄牙語的 pão 或拉丁語系的法語 pain、義大利語 pane 或西班牙語 pan。但河洛話只記其音，並沒有對應的漢字。

auto-bike

auto-bike，日語傳入臺語按外來語規則，直接照日本人的發音唸即可，音類似「歐兜邁」，即國語摩托車。例：你會曉騎 auto-bike？

在民國六十年左右的臺灣，

家裡有一部 auto-bike 就很拉風，當時一對夫妻約生四個小孩左右，逢年過節沒有超載的問題，通常全家人出遊就擠在一部 auto-bike。時至今日，交通很複雜，為了安全起見，摩托車已嚴禁超載。

to

　　to 是英文的介系詞，原意是去的意思。臺語藉這個字的音，衍生出：「一雙腳 to 歸臺灣。」這句話，您應該不陌生才對？這是臺灣推動國民義務教育，在國中開始教英語之後，就衍生出這個新用法，有如文白融合一般，這是英語與臺語的結合，當然找不到對應的漢字。其中，歸是整的意思，今臺語界多誤作「規」字。

　　外來語遵照外來語的發音，用字也是如此。除非衍生出貼切的漢字用詞，例如：巴士。否則只要告訴孩子們，這是外來語的哪個字，像日語夾雜漢字一般，何必再創造新的或誤用漢字呢？

floor 間兒

　　浴室，民間稱 floor 間兒，其中 floor 英文是樓地板的意思。因為浴室通常建造在樓梯底下，將空間做充分的利用而得名。從臺語 floor 的發音，就知道本詞源自日語，變成臺語的外來語。若您不知道怎麼念，問一下阿公阿媽即可得知。

bye-bye

英文 good bye 乙詞,在臺灣多採疊字,唸作 bye-bye,就是再見的意思。現在「拜拜」幾乎是通用的寫法,這就是漢語對外來語的規則,只記其音而不記本字(無對應之漢字)。但在教育普及的今天,就算是書寫也應該寫成 bye-bye,不應該寫作拜拜,因為拜拜是有另外一個意思。

tea

tea 是源自閩南語的拼音,是英文源自閩南語的外來語。

茶《集韻》直加切《廣韻》:「俗梌字。春藏葉,可以為飲。」《博物志》:「飲真茶令人少眠。」因為茶葉含咖啡因,所以會讓人睡不著。飲就是臺語 lim,今臺語界多誤作「啉」字。茶,《韻會》:「茗也。」《玉篇》:「茶芽也。」茗茶,同義複詞。品茗,就是品茶。

manga

卡通,英文 cartoon。臺語源自日語,稱 manga,即日文漫畫的意思,英文 comic。

小時候,最有名的日本卡通首稱「科學小飛俠」。後來,也有木偶做的卡通稱「雷鳥神機隊」。到了現代,除日本宮崎駿的一系列著名的卡通之外,美國迪士尼的卡通似乎有後來居上的意味,較著名的包括花木蘭、冰河時期(ice age)、公夫熊貓等。這

些卡通成為孩子童年時期及放學之後，最佳的餘興節目。

　　另外，卡通製作的過程，經常有許多的創意，包括人可以飛或從高處摔下來不會死的現象。因此臺灣人稱某人講一件很離譜的事情，稱「你不要講那些 manga 的事情。」在此，manga 就成為離譜的代名詞。

先頭

　　在日本的餐廳外面，常看到告示牌上面寫著「先頭」，後面就排著一排椅子，給排隊的客人坐。按前述倒裝詞的規則，先頭就是河洛話「頭先」，若指排隊用餐的話，先頭就是隊伍的最前面。

　　前頭，河洛話稱頭前，指頭的前面。上頭，「頂上」係同義複詞，河洛話稱頭頂。頭頂的倒裝詞頂頭，一般指頂頭上司的意思，即前述倒裝詞偶有意義不同的現象。而「頭路」不是只路頭，而是指出頭的路，什麼才有出頭的路呢？就是空缺，即普通話工作的意思。

降車場所

　　在日本的街道旁，常見到降車場所的牌子，告訴人們這是下車的地方。下降，同義複詞，普通話採「下車」。降落，同義複詞。河洛話用「落車」。而場所就是河洛話的「所在」，降車場所即「落車所在」也。

　　香港、廣東等地，降車場所稱落車處。處，所也。同「落車所在」也。

巨蛋

巨蛋係日語透過普通話傳入臺灣，採記音字寫作「巨蛋」即可，直接唸普通話的發音即可，切勿翻作「大粒卵，」音 tuā-liȧp-nng，並將小巨蛋翻作「細粒之大粒卵，」音 sè-liȧp-ê-tuā-liȧp-nng，這可是會貽笑大方的。

從外來語也可以看出是哪個時代的產物？例如：胡瓜、胡床、胡服約在唐朝左右。番薯、番麥、番兒火（火柴），約在明代鄭和下西洋之後。洋槍、洋玩意兒、洋人，大約在清朝八國聯軍之後左右。

引申用法

引申，詞語由本義引申而成的新義謂之。

河洛話累積數千年先人的智慧，某些詞語經過引申產生新的意義或成為成語，本書稱引申用法。若是字義上的引申，亦包含在引申用法裡面，例：廣告常見的「不含類固醇」為何臺語稱「無摻類固醇」呢？因為不就是無的意思，摻類固醇進去，代表裡面含有類固醇，這就是字義上的引申用法。但這句話的「類固醇」為何照國語唸呢？因為「類固醇」是普通話的外來語，所以按照外來語的規則直接念普通話即可。

另外，普通話稱罵人等不好聽的話，叫粗話。臺語稱 tshò，是哪個字呢？其實就是糙米的糙。粗糙，同義複詞。下面舉幾個常見的用詞，舉例說明何謂引申用法：

拍開

打開，河洛話稱拍開，音 phah-khui。

古代的門係由兩扇門板所組成，裡面有一個門閂（門橫關也），白天外出或夜晚睡覺，裡面的人可以將之鎖住，以免外人闖入偷盜。當外出訪友的時候，走到朋友的家門口，由於古代沒有電鈴，只可以用手拍門並出聲叫門，這時候朋友聽到了，就會主動前來開門。外面拍門，裡面開門，稱之拍開。後來「拍開」乙詞，就引申為將東西開啟的意思。

秤採

秤採，音 tshìn-tshái，倒裝詞採秤，原指採用秤子的重量就好。今引申為隨便的意思。例：菜販：「頭家，這一把菜十兩，鬥一斤，好無？」顧客：「秤採。」原意是指採用秤子現在的重量即可，不用再加了。今變成再加到一斤也沒關係。

一個名詞裡面有採字的，包括無採、樵採、秤採等，其中採通彩、采兩字。像是採樵乙詞，《拍案驚奇》第三十一卷：「既出來了，不見了洞穴，依舊是塊大石，連樵採家火多不見了。」都寫作樵採乙詞。那採秤乙詞寫作秤採，也就不足為奇了。也就不足為奇了。至於，有人提到用「請裁」乙詞，完全跟臺語音不同，讓人有以音找字的感覺。

河洛人是差不多先生，生活輕鬆又自在。但面對全球化競爭，不能再有「秤採」的觀念，做事要嚴謹，產品品質要做好，才能在面對全球化的競爭之中，脫穎而出。

洶洶

洶洶，音 hiông-hiông，就是突然的意思。

洶，文讀 hióng，白讀 hiông，《唐韻》許拱切，音詾。《說文》湧也。民間多誤作「熊熊」或「雄雄」，音 hiông-hiông。

洶湧，同義複詞。當您站在海岸邊，一陣瘋狗浪洶湧打來，讓您覺得很突然，稱洶洶。《柳敬亭說書》：「聲如巨鐘，說至筋節處，叱吒叫喊，洶洶崩屋。」這兒的「洶洶」就是突然的意思。另外，像是漲勢洶洶、來勢洶洶都有突然、出乎意料之外的意思。

犁田

犁田，本指插秧之前，準備耕種的翻土作業。而今指騎車不慎，跌入田中，全身摔得一身泥，臺語稱犁田，白讀 lêtshân。這是近幾年來衍生的臺語用法。但現今，只要是不慎發生車禍，衝入稻田、山溝或邊坡，都統稱為犁田。

　　孩子騎車出門之際，父母親總要孩子騎慢一點，而孩子也回覆「好～啦」但實際上路之後，不知不覺速度就加快許多。在經過彎道之際，有時為了耍帥、有時是經驗不足、有時是因臺灣的道路顛簸或者是路上有細沙等原因，就在彎道摔倒了。較好運的摔落田中，只是犁田而已，歹運的呢？撞上對向車道的車子或路邊的電線桿，常常就一命嗚呼了，不可不慎！

　　「緊、慢差無幾分鐘，」否則電線桿上的「天堂近了」就一語成讖。

鐵馬

　　腳踏車，音 kha-tàh-tshia，又稱鐵馬，音 thih-bé，亦稱孔明車，音 khóng-bîng-tshia，更有人叫自轉車，音 tsū-tsuán-tshia。

　　腳踏車，顧名思義就是用腳踩驅動車子謂之。而民間亦有鐵馬的稱呼，係指腳踏車本體是鐵做的，可以代步的交通工具，宛如古代的馬匹謂之鐵馬。有人認為腳踏車係孔明所發明的，稱孔明車。至於自轉車今已少用，蓋因名不符實，且音調較不順口所致。

注文

訂單，河洛話稱注文，文讀／白讀 tsù-bûn。

注文，即下注的文書，後因人無信不立，信者人、言之組合也，引申至口頭預約亦稱之。早期人們非常重視信用，經常都是一言九鼎，只要口頭答應就算數。但今天，就算開票向商家訂貨，該張支票都不一定會兌現。這就是人們所謂的世風日下，人心不古（無古意）。

等路

等路，音 tán-lōo，就是禮物，文讀 lé-bút，白讀 lé-mih，例：物件，音 mih-kiānn。

早期，逢年過節出外的遊子返鄉，總會大包小包的帶著禮物回來。這時家鄉的弟妹都會在巷子口的路上等著，等待哥哥姊姊們帶禮物回來，後引申為等路乙詞。

烏紗

烏紗，音 oo-se，賄賂的意思。民間多誤作「烏西」乙詞，形音義只有音同，形義均無。

宋朝當官都戴一頂烏紗帽，烏紗帽就成為官員的代名詞。賄賂要找誰？當然找戴烏紗帽的官員，後引申為賄賂的意思。《西遊記》第九回：「小姐一見光蕊人材出眾，知是新科狀元，心內十分歡喜，就將繡毬拋下，恰打著光蕊的烏紗帽。」

前面《西遊記》文獻的烏紗帽，係指當官的，雖然不是指賄賂的意思，然根據前述引申用法，烏紗當賄賂使用，恐係後來才衍生的語彙，且像這種白讀的語彙，頂多出現在民間文學，而不會出現在正式的文獻。

放伴

早期臺灣是個農業社會，在尚未機械化耕作之時，每當收割或採收的時候，需要大量的人手幫忙。若沒有人手怎麼辦，只好互相幫忙，稱鬥相共。或者還有另外一個名詞，叫放伴，白讀 pàng-phuānn。

放伴，就是放一個工作的夥伴在其他地方，當有需要的時候可以找他幫忙。當然若對方需要幫忙的時候，您也要去幫忙對方，謂之。例如：小時候，稻子收割之時，叔叔伯伯會來幫忙，等到對方收割的時候，變成我們要去幫忙，就叫放伴。

行春

走春，河洛話「行春」，音 kiânn-tshun，指春節期間到親朋好友家走動走動謂之。行春，同今之春節拜年的意思。

行春，國語寫作「走春」。行走，同義複詞。河洛話行，普通話走。在河洛話裡面，行是慢慢的移動，走則是快速的移動，兩者稍有不同。普通話的走是慢慢地移動，跑則是快速的移動。所以我常說，漢字解釋要看使用的人，上古漢語不能用普通話解釋。

杜牧，晚唐人，明代文人李歧陽為紀念杜牧，特在黃公井

南立碑，題「杜刺史行春處」。顯然明代李歧陽先生當時，河洛話並未完全消退，只是老兵不死，逐漸凋零而已。

撒野

撒野，華語的用詞，本指動物在野外隨地大小便，沒有規矩的意思，例如：潑猴。現在引申為一個人沒有規矩、在外為飛作歹，行為乖張的意思。

洞房

坑洞、洞穴，同義複詞。天坑就是隕石撞擊之後形成的洞穴。

洞房，音 tōng-pông，新人完婚的新房稱洞房。漢人從洞穴居住的生活，過渡到今天的高樓大廈，但洞房這名詞迄今仍未改變。

在河南省三門峽市，仍有許多類似古代「穴居」的地坑院（學名「地窨院」）保存較完整，包括一百多個地下村落、將近萬座天井院。當您來到一個村落，竟有「進村不見房，聞聲不見人」的奇特景象。現今這些地坑院已成為旅遊的新景點，您若有機會應該去見識見識一下。

駕車

駕車，普通話開車的意思。駕駛，同義複詞。駕車，河洛話「駛車」，音 sái-tshia。

宋柳永《巫山一段雲》詞：「羽輪飆駕赴層城，高會盡仙

卿。」飆駕，同義複詞，飆車的意
思。飆車，就是駕車，音 kà-tshia，
民間多誤作「較車」或「尬車」。
駕，造字係加、馬的組合，指加足馬
力，引申有競速的意思。駕也是一種驅
動馬的語言，關公騎馬打仗，常對馬匹喊「駕、駕、駕」就是
要馬跑快一點。

　　河洛話採駕車，所以古書皇帝出巡不用「駕車」乙詞，而
係改採「車駕」乙詞，例：車駕幸蜀。文獻《三國演義》第三
回：「不到三里，司徒王允、太尉楊彪、左軍校尉淳于瓊、右
軍校尉趙萌、後軍校尉鮑信、中軍校尉袁紹，一行人眾，數
百人馬，接著車駕，君臣皆哭。」《三國演義》第十三回：
「董承、楊奉、韓暹知其謀，連夜擺佈軍士，護送車駕前奔箕
關。」

　　臺語「駛車」乙詞，指開車。但倒車乙詞切勿唸作「倒
駛」喔！這跟臺韓棒球賽一樣，不能簡寫成「臺韓棒賽」。

秋沁

　　乘涼，就是秋沁，音 tshiu-tshìn。民間多誤作「秋清」乙
詞。

　　沁，《唐韻》丛七鴆切，音鈊。水名。《說文》水出上
黨羊頭山。沁，造字係氵、心的組合，代表心涼如水也，引
申為涼爽的意思。例：今兒日下晡之天氣真秋沁，音 Kin-á-
jit ē-poo ê thinn-khì tsin tshiu-tshìn。（的，對應的臺語字

「之」白讀 ê）。

另外，如果一個人對另一個人心死了，不抱任何希望，例：愛賭博的人，臺語稱「沁心」。

酖眠

酖眠，音 ham-bîn，做夢的意思，即河洛話眠夢，音 bîn-bāng。酖，文讀 ham，《唐韻》胡甘切，音邯。《説文》酒樂也。《徐曰》飲洽也。《玉篇》樂酒也，不醉也。

酖眠，即酒喝得很歡暢，睡覺之後，還會説夢話（酒話），因此人們知道他在做夢，後引申為做夢的意思。民間多誤作「陷眠」乙詞，雖音近似，惟形義皆不符。

束結

結束，倒裝詞束結，音 sok-kiat，代表綁起來之後，行動自如的意思。束結，同河洛話「絡掠 liú-liàh」的意思。

結束，就是該綁的綁，該束的束，綁好了就好，引申為結束的意思，即最後的意思。《海公案》第四十回：「瑚元稱善，即令暗傳號令，令軍士各各束結，就今夜三更拔寨齊起，急急遁歸，不得違令。」這裡的束結，就有如今日當兵，除服裝穿好之外，還要打綁腿的意思。

同窗

同窗，音 tông-tshong，就是同學的意思。

窗戶，同義複詞。古時的房子，一窗一戶，在學堂裡念

書，都在同一窗戶裡邊跟著老師學習，稱同窗。《三國演義》第四十五回：「某自幼與周郎同窗交契，願憑三寸不爛之舌，往江東說此人來降。」顯然此詞早在明代之前，即已經在社會上廣為流通。

翁婿

翁婿，白讀 ang-sài，泛指女子的先生。翁，文讀 ong，指老先生的意思，例：老翁。

翁係母親的丈夫，婿是女兒的先生，翁婿泛指女人的另一半。《拍案驚奇》第五卷：「翁婿相見甚喜。見了女兒，又悲又喜，安慰了一番。」媒體多將翁寫作「尪」，這個字形音義皆不符。

狼犺

狼犺，音 lōng-khòng，又大又笨重的東西，指大而無當。

《拍案驚奇》第一卷：「若不是海船，也著不得這樣狼犺東西。」故事中的主角，因為跟著朋友出海，在一個避風的海島，搬了一個大龜殼回來，被眾人笑了數回。沒想到，偌大的龜殼中竟隱藏著夜明珠，讓他發了一筆橫財。

無影

臺語：「光頭白日看著鬼。」意指大白天看到鬼。太陽是至陽之物，鬼是至陰之物，大白天不敢出來，要辨別是不是鬼，只要看影子就知道，有影就是人（真的），無影就是鬼

（假的）。因為鬼白天不敢出來，所以「光頭白日看著鬼。」是「無影之事志」。

知影

　　古代縣長稱知縣，概最知道縣裡面的大小事的人。州長稱知州。掌管開封府的稱知府。知道，即知路，也就是知道返鄉的路。老馬識途，就因為老馬征戰多回，所以知道返鄉的路。那臺語的「知影」呢？閩南多三合院，經常在院子乘涼，當朋友來訪之時，適逢太陽西曬，一進院子長長的影子，就被認出來是誰，即見影知形，看到影子就知道是誰，叫做知影（知道）。

癮頭

　　癮頭，臺語白讀 giàn-thâu。

　　民間有一句諺語：「第一戇食薰吮風（抽菸吸風。吸吮，同義複詞。今民間誤作「欶風」），第二戇弄球相碰（撞球相碰），第三戇選舉給人運動（幫別人競選）。」抽菸吸進的是空氣，呼出來也是空氣，肚子更不會飽，還要花錢買菸，而且還吸菸成癮，這不是大笨蛋嗎？

　　不過阿公說過一句話：「你爸爸不抽煙，有比較有錢嗎？」或許這句話有道理，但卻是不折不扣的歪理，因為阿公死於抽菸衍生的疾病，已過世三十餘年矣！

溜鬚

丁謂係宰相寇準的門生，有一天，丁謂與宰相寇準一起在朝房吃飯，丁謂看到寇準鬍鬚上黏著一些飯粒，便親自上前為寇準溜鬚拂拭，並對其鬍鬚加以盛讚一番。丁謂本以為可博得寇準的歡心，殊不知寇準深知此人心術不正，見他一副媚相，忍不住哈哈大笑道：「難道天下還有溜鬚的宰相嗎？」後來，人們便稱丁謂為「溜鬚宰相」，「溜鬚」乙詞，就成了阿諛奉承的代名詞。後「溜鬚」白讀 liu-tshiu，河洛話採用疊字「溜溜鬚鬚」，白讀 liu-liu-tshiu-tshiu，即手腕很好或處事圓融的代名詞。

臺灣有個俗語：「社會溜溜鬚鬚，食這兩蕊目珠。」就是說在江湖走跳（行走），罩子要放亮一點，做人做事要圓融，千萬不要得罪別人。

起丘

男人勃起，臺語稱起丘，即褲子隆起來，搭帳篷的意思。很多人誤作起秋，這就是只記其音不計其字的後果。

四十歲是男人的分水嶺，若身體還很硬朗，叫「四十歲親像一尾活龍。」對於男人來說，活龍指的是性器官還很有衝勁、幹勁的意思。所以臺語稱「您真丘跳。」指男人年紀大了之後，還能夠正常的勃起，也還能夠行動自如，會走會跳叫丘跳 tshio-tiô（目前寫作「鵲趒」）。跳，音 thiàu，當腳不離地因驚嚇而突然拉起，稱 tiô。這就是動作不同，發音就不同的原則。但這個字與趒同音、同義，採用「趒」字亦可，但明清話

本小説均採「跳」這個字,是河洛漢字的本字。按照本書的理論,亦有可能有兩人同造此字,造成同音異字(如同震、振兩字一般)。

走縱

縱走,倒裝詞就是走縱,白讀 tsáu-tsông(民間誤作「走傱」)。明代著名的話本小説,三言二拍之中的《醒世恆言》‧第二十一卷:「母親平昔受了寺僧恩惠,縱去報與寺僧知道,也是各不相負,你切不可懷恨。」縱去,白讀 tsông-khì。與,音同雨,念 hōo。知道,臺語知影。這樣夠簡單了吧!

衍生

衍生,音 ián-sinn,倒裝詞「生衍」白讀 senn-thuànn,今多誤作「生湠」乙詞。

衍,文讀 ián《唐韻》以淺切,音演。水溢也(滿溢即散開的意思)。衍,造字係氵、行的組合,代表東西碰到水,水會渲染開來的意思。生衍,《漢典》繁殖的意思。《歷代興衰演義》第二十三回:「梁高祖武聲蕭衍,字叔達,蘭陵人,齊之疏族也。母張氏,見菖蒲生花,旁人皆不見,吞而生衍。狀貌殊特,日角龍顏。」

無採

無採,是無法度採收,沒有採收價值的意思。

阿明是臺東的果農，種植數甲地的釋迦，目前已接近採收的時候。忽然，太平洋關島附近生成一個颱風，很快地就成為強烈颱風，並從臺東附近登陸，將阿明的釋迦打的東倒西歪，釋迦落果與損傷非常嚴重，幾乎無法採收。這種即將採收賣錢，卻被颱風攪局致無法採收，實在非常地可惜，河洛話稱「無採」，音 bô-tshái。因此，河洛話「無採」就引申為可惜的意思。

　　若阿明不想暴殄天物，風災過後強行雇工採收，總工資花費近二十萬元，但採收的釋迦僅售得十二萬元，河洛話稱「無採工」，音 bô-tshái-kang。

　　【註】采、採、彩三字通用，本例採用「採」字，較符合漢字形音義的原則。

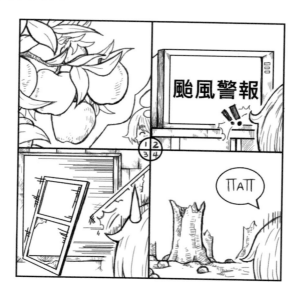

戶蠅

　　蒼蠅，河洛話稱「戶蠅」，音 hōo-sîn。

　　早期臺灣的衛生條件並不很好，每當要下雨的時候，屋簷底下就聚集一大堆的蒼蠅，因此河洛話稱戶蠅。繩，文讀 sîng。蠅，造字係虫、繩（省略糸）的組合，右邊的部首與繩同，白話音 sîn 即源自於此。

糜爛

　　糜爛，本指傷口潰爛的意思，音 mi-nuā。

　　鄭和下西洋，耗費數年建造許多大型的船艦，當時造船的工人長期泡在水裡工作，就算傷口糜爛也不停歇。因此不管身體的傷痛而勤奮工作，河洛話稱糜爛。

　　生活糜爛指不好的生活態度，而工作糜爛係指工作勤奮的意思，兩者有如造字的一體兩面，衍生正反兩種詞義。

屄膣

　　屄膣，白讀 pi-tsi，本指女性的生殖器官，由於每月都有 MC 來或因初夜落紅，後引申作女子的元紅，即骰子的一點。

　　屄膣，擲骰子擲出一點，即女子的元紅，稱屄膣。屄膣，同義複詞普通話用屄，臺語採膣。民國七十年代，在軍中當兵的時候，軍官整天都屄來屄去的罵小兵，叫「肏你媽的屄」但過去都誤作「操你媽的屄。」而臺灣人罵人，則整天膣來膣去的六字經，寫作「姦您娘

之膣眉。」

　　骰子，河洛話骰兒 tāu-á，音同豆兒。十八骰兒，即骰子擲出十八點的意思，顯見當時的玩法是擲三顆骰子，最大的點數就是十八點。今天的骰子，玩法完全不一樣，常見的是一次擲四顆，視兩顆相同的之外的點數大小而定，雖然最大十二點，但投擲的時候，依舊喊聲隆隆的念「十八啦！」

七兒

　　馬子，即七兒，音 tshit-á。

　　「女朋友」乙詞，國語又稱「馬子」。男女之間交往，郎有情、妹有意，難免會有親密的接觸，男生在上，女生在下，宛如騎馬一般，因此女生謂之馬子。

《臺語辭典》誤作「七仔」音 tshit-á。其實，「馬子」本字是「七兒」，馬在十二生肖排行第七，「子」的臺語字是「兒」。馬子，就是七兒。民間稱喜歡開玩笑叫「講笑詼」，音 kóng-tshiò-khue。而喜歡用言語挑逗女子的男子，稱七兒詼，音 tshit-á-khue。

走路

　　走路，普通話代表緩慢而行的意思（河洛話行路 kiânn-lōo），若以河洛話發音 tsáu-lōo，就代表跑路、逃亡的意思。例：頭家做生理失敗，已經走路啊！

跑路，通常是生意失敗或故意詐欺所致，本詞已有特別的意思。所以普通話跑步的活動，採倒裝詞稱路跑。

嚅囁

囁嚅，倒裝詞嚅囁，音 nōo-lé。指欲言又止，講不出口的意思。宋・王令《夢蝗詩》：「夢蝗千萬來我前，口似嚅囁色似冤。」

小時候，叔叔色屬內荏，孩子們做錯事，想罵又罵不出口，因為孩子的長輩都在附近，因此只能說：「您嚅囁。」就是想罵又罵不出口的意思。明・淩濛初《二刻拍案驚奇》第五卷：「只得來見襄敏公。卻也囁囁嚅嚅，未敢一直說失去小衙內的事。」讀書人寫文章通常用囁嚅，但河洛話採嚅囁乙詞，主要係發音系統不同所致。

輪轉

輪，文讀 lûn，例：輪班，音 lûn-pan。

輪，也是一字多音最佳的教材，在不同的場合與字義之下，發音就不一樣。茲列舉常見的發音如下：

1. **輪**，當輪子使用，音 lián，例：車輪 tshia-lián、輪框 lián-khing。輪子是圓的旋轉最省力，引申為流利的意思，稱輪轉 lián-tńg。例：你講臺語真輪轉，民間多誤作「輾轉」。
2. **輪**，音 lûn，當輪流的意思，例：lûn-pan，輪班。

3. **輪**，音 lìn，當一圈的意思（輪圈，同義複詞）。例：操場跑一圈，叫走一輪，音 tsáu-tsit-lìn。

4. **輪**，音 lùn，當動詞使用，轉動以摩擦拋光的意思。例：布輪，音 pòo-lùn，一種拋光物體的器具。

5. **輪**，音 lin，形容如輪子一樣轉動，四處討生活的意思。民間有一句俗語：「翁親姥親，老婆兒跑車輪。」音 ang tshin bóo tshin, lāu-pô-á pha-tshia-lin. 符合前述八音範圍內，可自由升降調值的原則。

　　一個字這麼多音（義），難怪說講河洛話很簡單，但要寫河洛漢字就很困難。因為一字多音，大家都搞不清楚河洛漢字如何書寫？但本書指出一個方向，朝同義字的方向找對了。

日頭

　　日頭，音 jit-thâu，就是太陽。

　　中華民族以農立國，日出而作，日入而息。白日，在田野間工作的時候，炎熱的太陽總是在頭頂上，讓人們印象非常的深刻，因此日頭就形成太陽的代名詞。例：「日頭赤揚揚，隨人顧性命。」揚揚，指太陽很大，經常揚起手來擦汗水的意思。

　　現今華北地區洛陽、山東一帶的土話，太陽稱日頭，只是採普通話發音，這是因為教育普及的關係，致河洛話轉變至普通話的結果。臺灣偏安東南，不受外來鐵騎、政權的影響，上

古漢語方可保留至今。在民國政府來臺之前，漢學仍舊活躍於民間。縱然是日本時代，先輩怕母語消失，轉入夜間教學，稱暗學兒 àm-o̍h-á。

鬮書

鬮書，文讀，就是兄弟分家所立的契據。

鬮，白讀 khau，例：抽鬮兒，白讀 thiu-khau-á。鬮，造字係鬥、龜的組合，即兩手持龜殼的意思。本指用卜卦用的龜殼，裡面放銅錢搖出正反面或不同排列組合，以決定中籤的人，即今之抽籤的意思。

在今天的臺灣，兄弟分家往往將家產分成數份，開載在紙上，捲成紙條做成籤，憑運氣抽中哪支籤，據以決定分得的家產為何？另外，在臺灣當兵也要抽鬮兒，以決定您的兵種及當兵的年限。過去義務役有兩年兵，也有三年的海軍陸戰隊，若抽到三年的兵種或海軍陸戰隊（蛙人操裡面的天堂路），心裡可是謳得要死！有道是：「好運之著時鐘，歹運之著龍揀。」就是這個道理。

浮浪貢

浮浪貢，音 phû-lōng-kòng。指輕浮、放浪、遊手好閒，不務正業的貢生（今泛指有上述行為的人）也。

古代春節郊遊踏青，鄉貢（讀書人）經常三五成群出遊，且行為舉止放蕩不拘，且人群有高有矮，宛如大海之浮浪一般，河洛話稱「浮浪貢」。

宋梅堯臣《聞進士販茶》詩：「浮浪書生亦貪利，史笥經箱為盜囊。」宋蘇軾《上神宗皇帝書》：「如此則妄庸輕剽，浮浪奸人，自此爭言水利矣。」茅盾《動搖》二：「他又知道陸慕遊的朋友，雖然盡多浮浪子弟，但也有幾個正派人。」《醒世恆言》第十七卷：「過遷幸喜遊蕩，就有一班浮浪子弟引誘打合。」指出浮浪之出處，浮浪書生即浮浪貢的語源。

米篩目

米篩目，音 bí-thai-ba̍k，一種白色糯米製的食品，通常與冰塊、涼水一起食用。今也有人與油蔥、香菇、豆芽菜等做成熱食，成為臺灣特有的美食之一。

米篩目是將糯米磨成濃稠的漿汁，倒入米篩之後，穿過米篩的孔目掉入下方的熱湯之中，形成白色條狀的米食，稱米篩目。惟米篩目並未為大眾所採用，市面上販售的店家多採譯音米苔目，「米苔目」遂成為積非成是的代名詞。

矺稻兒尾

矺，音 tsánn，割也。割矺，同義複詞。

矺稻兒尾，音 tsánn-tiū-á-bué，就是稻子快收成了，被人搶先收割的意思，引申為搶別人功勞的意思。本詞另有一說法稱割稻兒尾，音 kuah-tiū-á-bué。

矺，造字係石、炸（省略火）的組合，即以石頭的薄片割取的意思，源自於石器時代的用法。稻兒尾，就是成熟的穀物，即將可食用的食材。

面攏烏去

聽過「面攏烏去」乙詞嗎？但是文獻上，卻又找不到這個用法，只有普通話有臉都黑了，或者臉都綠了的用法。

文獻上，常見「生靈塗炭」乙詞，就是往臉上塗炭，不就是臉都黑了嗎？至於面攏烏去、生靈塗炭兩詞，誰先發生呢？有一分證據，說一分話，您可以自行揣摩一番。

你兄我弟

稱兄道弟，就是河洛話「你兄我弟」音 lí-hiann-guá-tī，指雙方的關係有如兄弟一般，關係匪淺之意。

為什麼河洛話不直接說「稱兄道弟」呢？因為發音系統不一樣，怎麼唸都不順口，所以才有各自的語彙系統。

到擔你才知

早期的黃俊雄布袋戲常聽見：「到擔你才知。」就是現在才知道的意思。

所謂：「經驗很重要。」很多事情沒有經歷過，您實在很難去體會，有時甚至覺得很簡單。早期拜拜都要將供品放在擔子，然後挑擔子到廟宇前面，孩子為了不讓媽媽那麼辛苦，想說這擔子也沒多重，就自告奮勇挑起擔子。初期覺得也沒什麼？走久了，擔頭就覺得重了。這時候才覺得挑擔並不是那麼輕鬆，但沒有做過怎會知道呢？所以才衍生出「到擔你才知。」這句話。

賊劫賊魷魚食墨賊

賊劫賊，就是黑吃黑，窩裏反的意思。賊，文讀 tsik，白讀 tsȧt。

烏賊，肚子內有墨水，故稱河洛話稱墨賊，音 bȧk-tsȧt。賊劫賊魷魚食墨賊，就是一物剋一物的意思。另外，河洛話尚有一句：「惡馬惡人騎 ok-bé ok-lâng khiâ，胭脂馬觸著關老爺 ian-tsi-bé tú-tiȯh kuan-ló-iâ。」普通話的螳螂捕蟬，黃雀在後，都同樣具有一物剋一物的意思。

逆向思考

造字一體兩面，正反兩面觀點不同，字義就不同。例：鬥，按甲骨文，鬥這個字是互相爭鬥的兩隻手，故有戰鬥、鬥爭、打鬥等詞。若往好的地方想，是互相幫助的兩隻手，如河洛話的「鬥相共」乙詞，即幫助的意思。

因此，找不到河洛話漢字，何不轉個彎呢？往另一個方向尋找，或許就可以遇到解決方案。下面是幾個常見的逆向思考用詞：

病院

醫院，河洛話稱病院，音 pīnn-īnn。所謂醫病關係，就是這樣來的。醫病，反義複詞。

醫院，是醫生駐診的地方。病院，是病人就醫的地方。觀點不同，用字就不相同，但仍植基於廣義的同義字概念。日本

卡通烏龍派出所，每次都出現斗大的「病院」兩個字，可見日本受漢文化的影響頗深。有人說病院乙詞源自日本，這不是本末倒置，認賊作父嗎？

受氣

人因受氣才會生氣，河洛話稱受氣（音 siū-khì），普通話採生氣。

受氣，河洛話數千年來口耳相傳，受方音差的影響，常聽見 siūnn-khì 的音，音同「想氣」乙詞，這就是方音差的問題。

《西遊記·第十八回》：「你莫誤了我。我是一肚子氣的人，你錯哄了我，沒甚手段，拿不住那妖精，卻不又帶累我來受氣？」《紅樓夢·第十九回》：「你老人家自己承認，別帶累我們受氣。」就是相關文獻的出處之一。

豆油

醬油是由黃豆歷經數個月所釀造的成品。但河洛話不用「醬油」而採用「豆油」，其主要思考模式即醬油係由黃豆所釀造。另一個原因則是醬油的音，不如「豆油」乙詞來得好聽，這是語言的優選原則。

醬油係成品，臺語採逆向思考（相對於普通話）的用法，就是「豆油」。

空缺

空缺，同義複詞。缺，懸空的官位。

空缺，白讀音 khang-khuè（符合以聲音區別字義的規則），有空缺才有工作可以做，普通話稱工作。

在職場上班，一個蘿蔔一個坑，當某一個人離職之後，留下一個空缺，就有新的職缺（稱開缺）、新的工作可做謂之。在臺灣，工作稱職缺，即職位空缺的縮寫。《萬花樓·第三十八回》：「五雲汛守備現經空缺，小將有一姐丈，名喚張文，向為潼關遊擊，被馬應龍無故革除，望元帥著他暫署此缺。」《蕩寇志·第一三六回》：「至於地煞數內多有未定，所以龔旺、丁得孫盡有空缺可填。」即是相關文獻的證明。

另外，副理佔經裡缺，稱佔缺。錢多事少離家近的工作叫好缺，吃力不討好的工作，稱屎缺，卓縣長是頂前任翁縣長的缺，指卓縣長接任翁縣長的位子。

胭脂

口紅，臺語稱胭脂。在這兒，普通話的口紅，就是一種逆向思考。嘴巴擦了紅色的胭脂才會紅，稱口紅。而臺語則稱胭脂。若相對於普通話，胭脂就是逆向思考。

記得電視劇有「轉角遇到愛」這部片子，找不到漢字也是一樣，轉個念頭臺語漢字就呼之欲出，這就是逆向思考的用法。

身體的排泄物

　　身體的排泄物，只要可以成形的，臺語稱屎。例：大便，是吃米飯之後產生的排泄物，稱屎。屎，造字是尸、米的組合。尸代表身體，米在身體之下，即屁股排出之物，造字相當精確又有道理。

　　眼淚，眼就是目，臺語稱目屎。為何臺語將眼淚稱為目屎，因為淚水之後，形成的凝固體，稱目屎。有人會說，老師您不是說同義複詞嗎？眼淚的同義複詞應該是「目水」才對（淚水，同義複詞）。但您沒有想到，「目水」會與「墨水」衝突，且當初臺語都將多餘不要的東西稱屎，才有「目屎」的用法出現。後來，人們話很多，臺語稱厚話，白讀 kāu-uē。而話多又言不及義（多餘）的時候，臺語稱厚話屎，白讀 kāu-uē-sái。這跟鼻水產生的凝固體，臺語稱鼻屎，都是相同的道理。另外，耳垢，臺語稱耳屎，亦因為耳垢成形，且是多餘的東西所致。

自然語言

　　人有喜、怒、哀、樂等各種情緒，不同的心境下，講話的聲調都不一樣。當我們生氣的時候，講話會自然加重聲調、語氣，河洛話當然也不例外，因為它是一種自然語言。

　　在漢字當中，「姦」是河洛話罵人的語詞之中，最常使用的一個字。「強姦」當名詞使用，音 kiông-kan。若名詞當

動詞用，姦就是性交的意思，音 kàn。例：《拍案驚奇》第六卷：「如何哄他喫糕軟醉，如何叫人乘醉姦他，說了又哭倒在地。」這兒的姦，當動詞用音 kàn。

另外，像是犯沖乙詞，普通話唸作犯ㄔㄨㄥ丶，而非犯ㄔㄨㄥ，這都是因為情緒波動自然家重音所致。漢語系的方言，都有這樣的一個特性，例：「生意興隆」與「興趣」，兩個興的音都不一樣。「喜不自勝」與「勝利在望」亦相同。

另外，像是開、開開、開～開開的用法，聲調高低不管，聲音長短不限，大家都可以清楚知道您的意思，這就是一種自然語言。

動作不同，用字不同

河洛話的確很複雜，有時同樣的意思，但動作稍微不一樣，唸法就不同。例：嚇一跳，河洛話是「驚一跳」kiann-tsit-tiô。驚嚇，同義複詞。跳，《說文》躍也。《博雅》上也。但跳在這兒，只是被嚇到，腳往上快速挪動的意思（同《博雅》），並非是真正的跳起來。

河洛話對於打的用字很多，包括拍、擊、槓、甩、搧、拳、散、拷、捶、搥、敲等字。

1. **拍**：《廣韻》普百切，音 phik。《釋名》：「搏也，以手搏其上也。」拍，白讀 phah，造字是手、白的組合，指以手打人的意思。

2. **擊**：《唐韻》古歷切《廣韻》打也，文讀 kik，例：打擊 tánn-kik。擊，白讀 tsing，擊斃就是擊死 tsing-sí。擊，造字是繫（省略系）、手的組合，指將對方綁起來，用手擊打的意思。

3. **槓**：音 kòng，指以木頭、木棒打人。

4. **甩**：音 sut，只用小樹枝或鞭子打人的意思。

5. **搧**：音 siàn，《集韻》尸連切，音羶。批也。又式戰切，音扇。義同。

6. **拳**：《唐韻》巨員切，文讀 kuân，白讀 kûn。拳若當以拳頭打人的意思，唸 khian，例：毋聽話，我給你拳落去喔！即一拳打下去的意思。給 kâ，民間多誤作「共」。

7. **散**：《廣韻》蘇旱切，文讀 sàn。散打，指不拘招式的打，此時「散」唸白讀音 sàm。

8. **拷**：《玉篇》苦老切，打也。指以刑具拷打犯人。

9. **捶**：《說文》以杖擊也。《正韻》擊也。通搥。音 tuî，例：捶心肝，音 tuî-sim-kuann，表示痛心、懊悔或憤怒的意思。

10. **摑**：《唐韻》古獲切，音幗。批也，打也。又掌耳也。音 kik，例：掌摑一個耳光。

濃縮用詞

上古時代，文字書寫工具非常不方便，因此用字能省則省，稱濃縮用詞（字）原則或稱縮寫。在書寫工具便利的現代，濃縮用詞也非常普遍，例如華語的：「非常具有科研價值。」這「科研」乙詞，即「科學研究」的濃縮用詞。

推敲濃縮用詞（字），反推亦可得知臺語漢字。例如：誠實，即誠老實的濃縮用詞。那說一個人點子很多，稱「齣頭很多」臺語就是「齣頭誠濟。」何必再去弄一個「晟」字呢？雖然雙方的音義皆同。下面是一些常見的濃縮用詞：

1. **這個**，即「這一個」的縮寫。這，音 tse。一，音 tsit。將「這一」連音並拗音，唸作 tsit。
2. **職缺**，即普通話「職位空缺」的縮寫。
3. **嫌犯**，即普通話「嫌疑犯」的縮寫。
4. **大話**，即河洛「大聲話」的縮寫。
5. **那行那食冰**，那就是「一邊」，食就是「吃」，本句即普通話「一邊走一邊吃冰」的縮寫。
6. **非基改**，即「非基因改造」的縮寫。
7. **誠實**，即河洛話「誠老實」的縮寫，音 tsiânn-láu-sit。
8. **毋成子**，即河洛話「不成人子」的縮寫，音 m̄-tsiânn-kiánn。朱子治家格言：「聽婦言，乖骨肉，豈是丈夫，重貲財，薄父母，不成人子。」《二刻拍案驚奇》第三十六卷：「黃黃白白，世間無此不成人。」

9. **安貼**，即安心貼意的縮寫。例：把您婆婆安貼予好。
10. **才調**，即調度才能的縮寫「調才」的倒裝詞「才調」。
11. **一根香蕉**，濃縮用詞即「根蕉」音 kin-tsio。
一根香蕉亦可稱一蕊根蕉，音 tsit-luí-kin-tsio。一串香蕉，稱一枇根蕉，tsit-pî-kin-tsio。

避免惹禍而改名的用詞

龍眼，文讀 liông-gán，是南方的一種水果，後來成為貢品的一員，果仁有黑色的種子，宛如畫龍點睛裡之龍的眼睛。由於龍眼與天子的眼睛同義，吃龍眼有如吃掉天子的眼睛，為避免褻瀆天子之威名，貴州（簡稱桂）將龍眼改名桂圓，福州改成福圓，而閩南人改成閩圓？非也！閩南人將龍眼改成「龍揀」，白讀 lîng-kíng，代表龍眼是天子所揀選的水果。

龍眼，改名之後的本字「龍揀」，白讀 lîng-kíng，由於音近似 lîng-gíng，偶有聽見部分口音同此，惟「眼」字並無 gíng 的音，這可說是方音差所致。

用詞的差異

不同漢語系的用詞雖不同，然基本上仍基於廣義的同義詞概念。這些用詞的差異，常見的包括下列幾個詞：

橫直

橫直，相差九十度，即普通話「反正」乙詞，正反兩面相差一百八十度，兩者構詞用字不同。例：反正都是死，即橫直攏是死。

加減

加多、減少，同義複詞。加減，即普通話「多少」的意思，例：多少買一點，即加減買一寡。頂多，即極加，音 kik-ke（頂極、多加，同義複詞）。

正倒

正倒，即左右。河洛話正爿，即右邊。左邊，即河洛話倒爿。邊爿，同義複詞。兩者用詞雖有差異，但仍離不開相同意義的概念。在北越搭計程車，左轉是肚臍 tōo-tsâi，右轉是下頦 ē-hâi。

字義的轉變

某些古字，過去的字義與今不同，稱字義的轉變。常見的用字包括下列幾個：

濟

濟，音 tsē，造字係水、齊的組合，即水桶的水與上緣切齊，滿了，有多的意思。時至今日，濟被當作救濟、濟助使

用，普通話雖沒有多的意思。但實際上，濟仍然有多的意思。就是因為多，才能救濟、濟助別人，不是嗎？

懸

懸，音 kuân，就是掛的意思，掛都是在高處，引申為高的意思。例：明鏡高懸。懸的河洛音來自於部首上方的縣，故音 kuân。《三國演義》第二十六回：「公速作回書，免致劉使君懸望。」懸掛，同義複詞。懸望，除可以當遠眺的意思之外，亦可作「掛望」的意思。

喝

喝，呼也。呼喝、呼喊、呼叫、呼喚，同義複詞。

喝酒，本指請小二拿酒來，今指飲酒的意思。這個詞是誤用漢字的詞，惟今約定俗成已成飲酒的意思。飲酒 lim-tsiú，才是正宗的臺語漢字。至於，啉酒的「啉」字，造字是口、淋（省略水）的組合，造字的本義有如金庸小說《天龍八部》的喬峰喝酒一般，大口喝酒導致酒都淋在嘴巴上的意思，故讀音從淋雨的「淋」。飲，食、欠的組合，意指將液體倒入嘴裡，不用咀嚼直接吞下的意思。今閩、客、粵皆用此字。

語言的優選原則

河洛話有白讀與文讀兩大系統。文白本有各自的用詞、用語，在推動教育之後，文白混用的情形益甚，經常有文白混用

的情形，而究其主要原因，乃基於語言優選原則，哪個聲調好聽，哪個用法就被保留。

人

白讀 lâng，文讀 jîn。做人，白讀 tsoh-lâng。俗語：「人情留一線，日後好相見。」這兒的「人」念文讀 jîn 的音。前述兩句話裡的人，若文白音交換，聲調就不好聽，這就是語言的優選原則。

光

白讀 kng，文讀 kong。白讀「天光」乙詞，念 thinn-kng。文讀「光明」乙詞，念 kong-bîng。同前述之理論，光若文白音交換，聲調就不好聽，這就是語言的優選原則。

東

白讀 tang，文讀 tong。例如：臺東 tâi-tong、屏東 pîn-tong 兩個官方地名，原本官方地名念文讀，然臺東的白讀較文讀好聽，臺東的白讀音 tâi-tang 被保留下來，這就是語言的優選原則。

女婿

河洛話子婿，音 kiánn-sài。《拍案驚奇》第五卷：「子婿斐越客百拜。」、「等他明日舟到，接取女兒女婿。」按理說女婿較合情理，但河洛話採子婿乙詞，因為女婿是半子，稱子

婿。另外一個主要原因是女婿、子婿的河洛音，以子婿聲調較為好聽。

聲調好不好聽很重要，河洛話特別地重視，從古代的押韻迄今，除順口之外，聲調好聽是一定要的，稱語言的優選原則。

層次音

主政族群的語言為何？語言隨之跟著些微改變，每個朝代的語言，隨著主政族群的不同而改變，有如地質學不同地質層次的沈積層，稱層次音。

某些族群，本來的母語非漢語系語言，但與中原漢民族接觸之後，為學習中原的語言文化，就形成類似外國人講漢語的現象，時日一久，就變成一種特殊的漢語，例：客語。客語，包含漢語的文讀、白讀及該民族天生的發音系統，經學習漢語之後形成的特殊腔調。其中，文讀來自於官方的語言，白讀來自河洛話的白讀音，元明清三代，更加入部分的普通話，形成一種特有的客語方言。下面列舉幾個常見的層次音，說明如下：

央

河洛話流傳數千年之後，由於五胡亂華，導致大量的漢人南遷江南，其中最大的一支族群，穿越浙江來到閩南落腳，中原官話遂保留於閩南，形成今日的閩南方言。而北方，隨著胡人入侵中原，將陝西、山西一帶的方言帶入中原，中原的語音

開始發生變化，元、明、清三代，普通話晉級成為官話系統。

央，這個漢字文讀 iong，白讀 ng。及至元、明、清之際，央在河洛話之外，增加普通話 iang 的音，代表拜託的意思。這個字廣泛出現在《三言二拍》的文章之中，代表的意義即拜託的意思，iang 的音就是層次音。《拍案驚奇》第九卷：「劉氏子就央座中人為媒，去求聘他。」這兒的央就是拜託的意思。

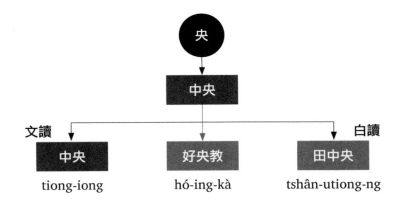

每次選舉候選人都會採用「好央甲」乙詞，若水準這麼低，怎麼當候選人呢？好央教才是本字，意指好拜託、好請託、好使喚的意思。

綽

綽，音ㄔㄨㄛˋ，《廣韻》昌約切。按反切法採用普通話的發音，即前述的層次音，綽音 tshuē/tshē，前者泉州音，後者漳州音。

綽，糸、卓的組合，指卓越的絲之意，例：風姿綽約。漢人養蠶取絲的歷史久遠，若養蠶人家拿蠶繭去賣，一定把品質較好的蠶絲放在上面，希望可以賣得好價錢。但小販買絲的時候，一定會從上面往下尋找，看看絲的品質是否一致，因此綽就產生找的意思。另外，綽號即另外找的別號，且通常指比較好聽才叫綽號。

《醒世恆言·第五卷大樹坡義虎送親》：「卻說林公那日黑早，便率領莊客，遶山尋綽了一遍，不見動靜。」尋綽，同義複詞。按同義複詞的規則，綽即河洛話找的本字。另外，《初刻拍案驚奇》第六卷：「有時做他牽頭，有時趁著綽趣。」這兒的「綽趣」乙詞，就是找樂子，正印證前述「尋綽」乙詞的正確性。今之臺語界黔驢技窮，硬是寫作「揣」字，不禁令人莞爾。

合

合，音ㄏㄜˊ，《唐韻》古沓切。按反切法本字的發音為kah。

我和你，河洛話「我合你」。和合，同義複詞。《繡榻野史》：「實不相瞞，我家爹爹有兩個小老婆，一個是南方小娘，一個是杭州私離了出身的，常常在家內合嬸嬸、嫂嫂、姑姑、姊姊們說話兒，也賣弄女人本事。」這兒的「合」即河洛話的 kah。另外，給這個字，右邊也有個合字，白讀亦可唸作 kah。例：他給我打，河洛話「伊給我拍」，音 i-kah-guá-phah。

給予，同義複詞。給他，河洛話「予伊」音 hōo-i，就是這樣來的。由於語言的差異，唸小學的時候，常聽到同學說：「老師，他給我打。」老師回說：「到底是你打他，還是他打你。」其實「他給我打」河洛話是「伊給我拍。」不懂河洛話誤會就大了。另外，分家產的鬮書常見：「給予他兩甲地，錢一千圓。」給予他，河洛話「給予伊」，音 kah-hōo-i（不是「甲乎伊」喔）。

合意，音 kah-ì，河洛話代表喜歡的意思。《唐祝文周‧第五十回》：「但他年齡已經二十多歲了，情竇早開，卻還找不到一位合意伴侶。」

答，音ㄉㄚˊ，《廣韻》都合切。按反切法河洛音 tap。滴滴答答，即答答滴滴，音 tap-tap-tih-tih，零零星星的意思。從此字在《韻書》裡面的記載，可知《韻書》亦須注意一字多音的問題。

推

推，他回切，退平聲，文讀 tē。

推，若當筋骨受傷需要推拿按摩，推音 thui（層次音來自普通話）。例：腳骨用藥洗推推著，音 kha-kut-iōng-ioh-sé-thui-thui-leh。著，音 leh，今多誤作「咧」。

嚇嚇叫

嚇嚇叫，音 heh-heh-kiò，代表很吵的意思。若發 siah-siah-kiò 的音，指表現非常突出、非常好的意思。這個用法是

民國六十幾年，受普通話影響所出現的用法。民間多誤作「削削叫」，惟只是同音並非本字。其實，以民間的用字程度，會創出「削削叫」乙詞實在並不意外。

那行那食冰

普通話：「一邊走一邊吃冰。」那一邊，那就是一邊、另外一邊的意思，臺語通常用「彼」字。但本詞採用層次音，普通話的走，臺語採用行，吃臺語漢字是食，所以本句的臺語漢字本字「那行那食冰」音 ná-kiânn-ná-tsiàh-ping。

若我們採用這種符合形、音、義的規範來教小孩子，臺語漢字要推動就很簡單。從古至今，老師教導學生透過朗誦，後來採用切音傳承兩千年，方音差的問題並不多。很顯然地，音標並不是問題，而是家庭教育要多用母語與孩子溝通，這樣才是保存母語之道。

名詞趨向同義複詞

古書常見的名詞，後來不知因何緣故，竟然都慢慢轉變成其他用詞，而漸漸少用該名詞。常見的名詞如下：

乞食

乞食乙詞，民間多認為難聽，後來就慢慢變成「乞丐」。乞丐，同義複詞。乞丐取代乞食乙詞，而「乞食」就慢慢的被棄置不用。

中間

中間指房間的正中央。中央，同義複詞。今「中間」多轉化為「中央」乙詞，惟中間仍舊為大眾所採用。

艱苦

難過，只日子不好過，生活過得很苦的意思。艱辛、艱苦，同義複詞，故有「辛苦」乙詞。本詞河洛話較常使用，普通話較常使用難過乙詞。另外，生病之時，身體很難過，臺語亦稱為艱苦。

一日時辰的劃分

漢人的曆法源自夏朝，稱夏曆。古人將「天、地、人」合稱三才，認為天道和地道決定人道，故設天干、地支以契合天地人事之運行。夏曆用十天干（甲、乙、丙、丁、戊、己、庚、辛、壬、癸）及十二地支（子、丑、寅、卯、辰、巳、午、未、申、酉、戌、亥）紀年，配合天干由甲起，地支由子起，逐漸推移下去，週而復始。惟十與十二的最小公倍數六十，故從第一個甲子年至另一個甲子年的週期為六十年。

夏曆將一日分為十二個時辰，每個時辰兩小時，各時辰對應的時間如下：

時辰	子	丑	寅	卯	辰	巳	午	未	申	酉	戌	亥
時間	23〜01	01〜03	03〜05	05〜07	07〜09	09〜11	11〜13	13〜15	15〜17	17〜19	19〜21	21〜23

　　普通話早上（05〜07）、上午（07〜11）、中午（11〜13）、下午（13〜17）、黃昏（17〜19）、晚上（19〜21）、深夜（21〜23）、凌晨（23〜01）。河洛話對一日的劃分有透早（05〜07）、下早（07〜11）、中畫（11〜13）、下畫（13〜15）、下晡（15〜17）、下昏（17〜19）、暗頭（19〜21）、下暗（21〜23）、半暝（23〜01）。

　　古裝電視劇常見之午時三刻，指11：45分，此時太陽高掛在空中，是地面上陰影最短、陽氣最盛的時候，故選在此時處決人犯。晡時，指申時（15〜17），古書有「日色將晡」的用法，中國北方冬天日落較早，出外的旅人要趕快尋找宿頭，否則恐無棲身之地。河洛話「三更半暝」指三更就是半夜，即二十三時至一時。而臺灣民謠有「透早就出門，天色漸漸光，受苦無人問，行到田中央，……」透早，就是天色剛亮的時候，指五時至七時。這時正是卯時的時候，所以古代衙門有「點卯」的這個名詞，就是早點名的意思。例：《醒世恆言》第十七卷：「過幾日間，或去點個卯兒，有時常將些小東西孝順。」祭祀，古時候是年度祭天大會（祀，商朝是年的意思），祭祀通常在巳時舉行，臺灣的廟宇祭拜神明多在巳時一

刻舉行，即九時十五分。若晚上要拜拜，河洛話稱「下昏欲犒眾」，指十七時至十九時。

　　臺灣民間對時間的劃分並不十分精確，用字遣詞差不多、聽懂就好，本節提供一個標準的稱呼，以提供讀者作為參考準則。

單位用字

　　秦始皇統一文字與度量衡，但真的統一了嗎？官方是統一了，但族群間，私底下仍然保留各自的習慣。臺灣常見的台斤是六百公克，對岸則採用市斤五百公克，差異還算滿大的。所以說入境問俗，拿東西到對岸去賣，同樣是一斤，您就賣便宜了。

　　普通話的度量單位與河洛話不同，例如：一件衣服，河洛話稱「一領衫」音 tsit-niá-sann。《醒世恆言》第十四卷：「又有一領蓑衣。」一條魚，河洛話稱「一尾魚」音 tsit-bué-hî。《儒林外史》第十三回：「一碗燉鴨，一碗煮雞，一尾魚，一大碗煨的稀爛的豬肉。」一棟房屋，河洛話稱一間茨。一瓶酒，河洛話稱「一罐酒」音 tsit-kuàn-tsiú（瓶罐）。《飛劍記》第十回：「小人蒙先生愈了背疾，沒有甚麼慇懃，只買得一罐酒、一隻雞，望先生笑納。」一顆西瓜，河洛話稱「一粒西瓜」音 tsit-liàp-si-kue（顆粒）。《峨嵋仙蹤》第三回：「此丹一粒治你父病，那兩粒留在妳的身旁，日後自有妙用，以獎妳的純孝。」一部車子，河洛話稱「一台車」音 tsit-tâitshia。一元或壹圓，河洛話稱「一圈」或「壹圈」音 tsit-khoo（圓圈）。一張桌子，河洛話稱「一塊桌兒」音 tsit-tè-toh-á。一朵花，河洛話稱「一蕊花」音 tsit-luí-hue（朵蕊）。《醒世恆言》第四卷：「倘有不達時務的，捉空摘了一花一蕊，那老便要面紅頸赤，大發喉急。」

以上，單位用字雖有不同，但相對都是同樣的意思，這就是廣義的同義字的概念。

約定俗成的用法

錯的用久了，就是對的，成語謂：「眾口鑠金」。而大眾習慣的用法，稱約定俗成。惟約定俗成除難脫其字義之外，亦有其語言形成的歷史背景。下面是幾個常見的約定俗成用法：

工

天日，同義複詞。一天，河洛話稱一日。

在《醒世恆言・第三卷・賣油郎獨占花魁》：「美兒昨日在李學士家陪酒，還未曾回；今日是黃衙內約下遊湖；明日是張山人一班清客，邀他做詩社；後日是韓尚書的公子，數日前送下東道在這裡。你且到大後日來看。」可看出明代之前，昨日、今日、明日、後日、大後日乃通行的用法，惟今日在臺灣昨日幾乎被昨昏取代，明日被明兒早（非「明仔載」）所取代。

一日今亦可稱一工。工人打工一天，稱一工。打工一天所領到的錢，稱工錢。工人的領班稱工頭。工，長期下來遂成為「天」、「日」的代名詞。現在休假一天稱「歇一日」，亦可稱「歇一工」。

飯

飰，音 pn̄g，《玉篇》俗飯字。

飯，字型結構並不唸 pn̄g 的音，但因兩字相通，故今飯已鳩佔鵲巢取代飰字。《拍案驚奇》第一卷：「不要說日逐做燒火煮飰、熬鍋打水的事。」《醒世恒言·陸五漢硬留合色鞋》：「上好酒煖兩瓶來，時新果子，先將來案酒。好嘎飰只消三四味就勾了。」明朝話本《醒世恒言》雖然尚在使用飰字，但今已幾乎不見使用。

昨昏

今天早上，人們常談及昨天傍晚、黃昏所發生的事情，稱昨昏 tsa-hng。

昨天，河洛話稱「昨日」tsȯh-jit。但今天臺灣民間多稱「昨昏」，而多已不用「昨日」乙詞。且民間多將「昨日」認係前兩天的意思，但這是不對的。因為，昨造字是日、乍的組合，即剛過去的那一天的意思，不是前兩天喔。

昏暗，同義複詞。昨昏，也可以唸作昨暗 tsa-àm，但兩詞的聲調以昨昏較佳，兩相競爭的結果，以昨昏勝出，成為昨天的代名詞。

明兒早

明兒早，白讀 bîn-á-tsài。早，音 tsái，在八音的範圍內，搭配前後文由 tsái 轉為 tsài 的音。

在古代，交通相當的不便，人們在前一天晚上，經常會安排明天早上的行程。因此，在決定明天的行程，都會提到明天早上出發的時點，「明早」就變成明天的代名詞。明早，常見於明清話本小說，河洛話礙於順口的問題，於明早乙詞之間，加入贅音「兒」，成為明兒早乙詞。

河洛話轉變成普通話之間，明兒早由河洛話變成普通話，所以後宮《甄嬛傳》常見「明兒早」乙詞，包括下轎乙詞，劇中唸作「落轎」，這都是河洛話轉變成普通話的痕跡。

饅頭

　　饅頭，音 bán-thô，源自《三國演義》乙書。但頭不唸 thô 的音，本字是「饅桃」才對，因為人們把饅頭做成桃子的模樣謂之。饅頭做成桃子形狀的習俗，係源自王母娘娘蟠桃會的典故，希望能如吃了蟠桃一般，可以長生不老的意思。但現在饅頭的形制變了，仍然叫「饅桃」。這跟古代的炊具「鼎」一樣，明明從青銅器變成鑄鐵，形制也不一樣，但我們一樣稱呼大鼎 tuā-tiánn 或鼎兒 tiánn-á。而真正的鼎，現在則變成廟宇拜拜的天公爐，概民以食為天。

不同漢語系民族的用字

　　西漢揚雄《方言》第一卷第三條目：「娥、嫲，好也。秦曰娥，宋魏之間謂之嫲，秦晉之間，凡好而輕者謂之娥。自關而東河濟之間謂之媌，或謂之姣。趙魏燕代之間曰姝，或曰妦。自關而西秦晉之故都曰妍。好，其通語也。」從這句話可看出娥、嫲、媌、姣、姝、妦、妍等字，都是好的意思。美好，同義複詞。好在此是美的意思，也是當時四方流通的語言，稱通語。

　　不同漢民族的用字不同，交談要透過翻譯轉譯，著實相當的不便。在秦始皇統一語言文字之後，不同漢語系的漢語、漢字融合在一起，變成今日龐大且複雜的漢語、漢字系統。下面是常見的方言區用字介紹：

母親

　　不同漢語系民族，稱呼母親的用語不同。在臺灣，常見的用詞用語包括阿母 a-bú、老母 lāu-bú、阿娘 a-niâ、媪 aú、阿嫂 a-i、娘嬭 niû-lé、媽媽 má-mah 等用法。

　　稱呼之前加個阿字，這是河洛族群的用法。媪是客家人的用法居多，在西部鹿港沿海一帶，許多稱呼母親為媪，例：叔叔叫奶奶「媪」，而奶奶姓黃，江夏堂，一般均稱係客家人。母親，河洛話今多通稱媽或媽媽，「娘嬭」乙詞今已鮮少聽聞。

父親

　　父親的稱呼，各地也不盡相同。常聽見的用法有阿爸 a-pah、爸爸 pah-pâ、老爸 lāu-pē、阿爹 a-tia、阿爺 a-iâ。

　　爺，造字是父、耶的組合，指父親，今湖南地區某枝方言，尚稱父親為爺。爺爺，就是父親的父親，指阿公。在臺灣，講河洛話的族群，今多稱父親為阿爸或爸爸。但爸爸不是父親的父親，與爺爺用法不同。

繪畫

繪畫，同義複詞。

曾經有個鹿港的文史工作者來電，説二林一位林姓老先生（漳州客）保留中原古音，説「畫圖」音 huì-tôo。我笑著跟她説，非也。huì-tôo 是繪圖的音，泉州採「畫圖 uē-tôo」，漳州用「繪圖 huì-tôo」，如西漢揚雄《方言》記載一般，族群不同，用字不同也。

【第三章】
河洛俗諺賞析 · · · · · · · · · · · · · · · · · ·

　　俗諺是先民的生活經驗，所累積的智慧，利用簡單扼要且押韻的俗語，將特有的文化與生活智慧傳承下來。不同地方的生活經驗，衍生的俗諺不盡相同，但偶有意義的相同之處。這些俗諺很美，但宛如麥克阿瑟將軍的名言：「老兵不死，只是逐漸凋零。」再不加以完整保留，就即將要消失在官話的洪流之中。

鹿港俗諺

> 庄腳人上界頹，秫米換大肥；
> tsng-kha-lâng siōng-kài tuî, tsu̍t-bí uānn tuā puî
> 鹿港人上敢死，放屎換秫米。
> lo̍k-káng-lâng siōng kánn-sí, pàng sái uānn tsu̍t-bí.

　　鄉下人實在很單純，拿糯米去換大肥；鹿港人很有生意頭腦，拉的屎都可換糯米回來吃。所以觀念要改，賺錢要用頭殼，不能只靠勤奮工作。

　　【註】秫米，白讀 tsu̍t-bí，即糯米。

過年俗諺

左聯：大人煩惱無錢。tuā-lâng huân-ló bô tsînn.
右聯：囝兒歡喜過年。gín-á huann-hí kuè-nî.
上聯：一年又一年。tsit nî iū tsit nî.

　　即將過年之時，窮人家的大人，四處張羅錢，而煩惱著如何過年。但是小孩子天真無邪，只高興過年即將到來，可以拿到過年長輩給的紅包。但日子就在過年之間過去，明年又重複著這件事，所謂：「關關難過，關關過。」一年又過了一年。

謙虛

月桃開花顛倒吊，稻兒飽穗會點頭。
gėh-thô khui-hue tian-tò tiàu, tiū-á pá-suī ē tìm thâu.

　　所謂：「謙受益，滿招損。」縱然再有學問，滿腹經綸，也要謙虛以對。所謂：「煩惱只因強出頭，是非只因多開口。」今日種下的因，他日暗箭難防，不可不慎！

經驗

放牛看煙筒，剉柴看樹叢。
pàng gû khuànn ian-tâng, tshò-tshâ khuànn tshiū tsâng.

古代放牛的小孩，因為沒有手錶，何時要回家吃飯呢？只要看民家的煙囪，若炊煙裊裊就代表接近中午。而砍樹呢？要看樹生長的方向，下手的地方不對，生命就難保。這些都是先人的智慧。

很多事情沒有去做，是累積不到經驗的，所以黃俊雄布袋戲說：「到擔你才知。」而 NIKE 的廣告說：「Just do it.」兩者都說，做了才知道問題在哪兒，才知道要怎麼改？

説一套，做一套

講之是人情義理，做之是傷天害理。
kóng ê sī jîn-tsîng gī-lí,tsò ê sī siong-thian-hāi-lí.

子曰：「巧言令色，鮮矣仁！」很多人說一套，做一套，講得非常好聽，其實都在騙人。所謂忠言逆耳，好人的話聽不進去，壞人的話一一採納，難怪有句俗諺：「人叫毋行，鬼叫适适行。」

【註】之，白讀 ê，就是普通話「的」。

巧合

講人人到，講鬼鬼到。
kóng lâng lâng kàu, kóng kuí kuí kàu.

私底下談論某人的時候，沒想到這個人就出現了，似乎是一種巧合。但也告訴我們，千萬不要東家長，李家短，到處談論別人的私事。所謂：「禍從口出，病從口入。」多聽少説，永保安康。

擇偶的重要性

　　翁若才情，姥著清閒。
　　ang nā tsâi-tsîng, bóo tiȯh tshing-îng.

　　女孩子結婚也是一種賭注，若嫁著好翁婿，就是皇后的命；再差一點就是嬪妃，更差一點的就是貴人。最差的呢？簡直就不是人。所以河洛話説：「翁若才情，姥著清閒。」即先生有才能，又有情，所謂：「人生在世，食穿兩字。」這樣吃穿就不用煩惱了！

家家有本難念的經

　　一人一家事，公媽隨人蟲。
　　tsit lâng tsit ke tāi, kong-má suî lâng tshāi.

　　蟲立，同義複詞。蟲，白讀 tshāi。
　　每個家庭的環境不同，成員的想法也不同，發生的事情也不同，所以説家家有本難念的經，或許你家的比較小本，我家

的經比較大本而已。但事情都要自己去處理，所謂接受它、面對它、處理它、放下它，這是標準作業流程。

同心協力

翁姥若共心，烏土變成金。
ang-bóo nā kāng sim, oo-thôo piàn-sîng kim.

成家立業，就是先成家再立業。夫妻兩人共同打拚，累積財富的速度比較快，所以有此一諺語。

【註】土，河洛漢字本字，民間多誤作「塗」字，此字是抹的意思。早期黃俊雄布袋戲有三字土排作伙，土、土、土的臺詞，「土」是臺語的本字。

【第四章】
常 見 的 錯 誤 ‥‥‥‥‥‥‥‥‥‥‥‥‥‥

　　不同漢語系民族的用字，植基於同義字的基礎上。只要根據前述的規則探索，即可找到所對應的漢字。在臺灣，民間的母語教育，多以普通話類同音字為之，形、義多半付之闕如，造成老師教學與學生學習的困擾，這種情形若不改善，母語教學終將成為「愛之適足以害之」的結果。不推廣沒有事，一推廣就「一步步行入死亡之界線。」

　　從過去到現在，常見的錯誤幾乎都是同音異字所致，臺語發音系統與普通話明顯不同，但主事者卻引導至錯誤的方向，若不能禮失求諸野，終至無可挽回的地步。例如：漢・司馬相如・子虛賦：「足下不遠千里，來況齊國。」竟然將「況」字解釋作「又臨訪曰況。」漢朝的官方語言，即今之臺語讀音系統。「訪」、「況」臺語同音異字，明明就是「訪」字誤作「況」卻硬拗叫「臨訪」，結果害後人要修學訓詁學。而四百多年前，嘉靖年間（1522 ～ 1566）泉州的一本劇本《荔鏡記》，裡面「第一齣」誤作「第一出」，因為嘉靖年間官話是普通話，故有同音異字的錯誤。但經過四百年狀況有改善嗎？臺北市政府文化局 98 年 05 月出版黃信彰所著《傳唱臺灣心聲──日據時期的臺語流行歌》乙書，第十三頁有一首歌譜的標題「阿片歌」，其實臺語漢字的本字就是「鴉片歌」。從兩千多年前迄今，同音異字的文獻一堆，後人都敬稱是假借，這種差不多先生的冬烘態度，國家豈能強乎？但這種不同語言之

同音異字的情形，就連現今的臺語教學都如此，能不令人憂心嗎？將小孩子交給這些不懂漢字的人，結果是紙袋換麻袋，麻袋換塑膠袋，一代（袋）不如一代（袋）。

文白對應之謬誤

　　文白對應一直是學界的論點，但這是一個根本上的錯誤，可說是完全倒因為果，更造成河洛漢字落入萬劫不復的深淵。文白何以不能對應？因為白讀早於文讀，哪能文白對應呢？嚴格說來，文讀是歸納白讀之後，制訂出來標準的文讀音。但凡事總有例外，並沒有完全的對應關係。

　　雨，王矩切，文讀 ú，白讀 hōo。若真的可以文白對應的話，韻書之中，所有切音為王矩切的漢字，按理說白讀都應該發一樣的音，但事實上並非如此。同樣發王矩切的漢字，包括宇、芋等字，其中宇文白皆唸 ú（宇非河洛白讀漢字，故沿用文讀音），芋文讀 ú（臺灣閩南語常用詞辭典標注的音為 ū，同樣王矩切，標注的音卻不同。）白讀 ōo。很顯然的，文白對應的理論是不正確的。

　　過去，文白對應的說法，人們無法驗證老師所教是否謬誤。在資訊化高度發展的今天，《康熙字典》都已經電腦化，只要一個檢索的指令，相同切音的漢字都可以在一秒內找到，文白對應是否正確，檢索一下就知道，這就是所謂的資訊就在你的指尖 information at your fingertips。資訊跨領域研究漢學，也可以發揮百年銳於千載的成果。

誤用之河洛漢字

河洛漢字的考證形、音、義三者缺一不可。

在臺灣，河洛漢字斷代甚久，人們多無法書寫河洛漢字，因此多以同音或類同音的漢字取代，除造成教學上的困擾之外，更造成學生的中文程度低落。河洛漢字廣泛出現在民間文學，惟人們不知道其發音為何？所以朝現今的官話（普通話）靠攏，致誤用漢字的情形普遍。

民間常有人稱「射」、「矮」兩字弄錯，字義應該交換才對。其論點指稱射，寸、身應該是矮的意思。矮，矢、委才是射的意思。其實都誤解漢字的原意，若射字有誤，古代的禮、樂、射、藝、書、數六藝，早就被提出來改正。射是引申用法，射箭的標的是心，即方寸之地，就是寸、身，射的意思。矮，就是一個人身高不高，才給他一支短矢，而不是給他一支長箭。這兩個字不是誤用，而是人們誤解。常見誤用漢字的情形如下：

鬥陣迓媽祖

鬥陣迓媽祖，就是一起去迎接媽祖的意思。「鬥陣」乙詞出自三國演義，本是雙方鬥陣法的意思，後引申為在一起的意思。迓音 ngiâ，就是迎的意思，但迓是主動向前迎接，而迎是站在原地接待貴賓。在金門，每年浯島〈後浦〉城隍廟會慶典活動，金門人習慣為「迓城隍」。媽祖與城隍是神的等級，臺

語採用迓就不言可喻了。

　　《清稗類鈔》：「國初祭儀尚右，凡祭祀，明堂禮儀皆尚右，神位東嚮者為尊，其餘昭穆分列。故禮親王以宗老，孔定南以藩長……或遇天陰，則譙樓鳴鐘、擊鼓，以迓雨神。」在宋‧鄧深《鄉人禱雨有應時寓烏石》亦有迓神的用法，且最後上有「濁醪」乙詞，代表酒的意思。濁醪，同義複詞。濁水溪，即臺語醪水溪 lô-tsuí-khe（同客語辭典）。

力穡乃有秋，斯言聞自古。天時或不順，人事亦安取。
今年問何如，常暘頗為苦。大田紛坼裂，槁苗渴灌注。
井甕走墟落，河車喧旦暮。江溪近復涸，手足了無措。
禱旱急農夫，迓神擊村鼓。動以千百人，為此萬一舉。
烈日仍朝朝，乞靈空處處。誰知天地回，正在頃刻許。
旱魃翻然收，豐隆激其怒。真龍奮寂寞，商羊自鼓舞。
張蓋作濃雲，翻盆下甘雨。剩水有平疇，曠原無焦土。
言功任鬼神，介我喜稷黍。飽飯可預期，晚歲復何慮。
歡聲變愁嘆，憂心成悅豫。惟時對江村，所寓隘茅宇。
因循已半月，侵凌奈酷暑。快此一日凉，美甚八珍具。
澆腸欠濁醪，錢兄尋酒戶。

　　《春秋左傳正義卷二十七》：「迓晉侯於新楚。」（疏注「迓迎」至「秦地」）普通話採迎，河洛話用迓，晉侯地處河洛地區的邊緣，採用迓字相當的合理。若對迓字有興趣，可參考 101 年斗六民俗文化節——鬥陣迓媽祖系列活動，這裡的用

字相當精準，提供讀者做參考。

不答不拭

不答不拭，文讀／白讀 put-tap-put-tshit，說人不三不四、不像樣的意思。

五〇或六〇年代左右，一般學生均穿著制式的卡其服裝，但有部分學生穿著訂做的衣褲，整體造型非常時髦。這些學生遭到傳統老師的排斥，經常找這些學生的麻煩，課堂上用問題問這些學生，但學生不甩而不回答，下課的時候，老師請學生上來擦黑板，學生也不擦拭黑板。這種做學生沒有學生的樣子，稱不答不拭。

後來，「不答不拭」就引申為做工作而沒有按規矩或做的亂七八糟的意思。惟今誤作「不答不七」，真的很有創意，但用字不能以文創角度為之，否則圭臬在那兒？

博狀元餅

博音 puah，就是賭的意思，故常見「賭博」乙詞。賭博，河洛話稱博筊，音 puah-kiáu；民間多誤作「跋筊」。博當廣博、博大的意思，音 phok，例：博士 phok-sū，這是一字多義，以音別義的理論。

中國古代有六博的博戲，相傳流行於戰國時期至晉朝之間，由兩人對博，每人有六粒棋子，故稱六博。六博這項博戲

已經失傳，不過相類似的博戲仍舊盛行民間。《拍案驚奇》第九卷：「交遊的人，總是些劍客博徒，殺人不償命的亡賴子弟。」博徒，就是筊徒。《拍案驚奇》第三十六卷：「帶了錢到賭坊裡去賭，怎當得博去就是個叉色，一霎時把錢都輸完了。」在金門有一項活動稱博狀元餅，您可以參考金門中秋博狀元餅網站，若有興趣可以看看這個活動的緣起，暸解這項民間習俗的起源。

好飽太閒

好，音ㄏㄠˋ，文讀 háu，《唐韻》呼皓切，蒿上聲。美也，善也。

吃飽太閒，音 tsiàh-pá-siunn-îng，即河洛話「好飽太閒」或「食飽太閒」。好，這兒唸文讀 háu，「好飽」就是吃得太飽的意思。若吃飽之後，做些沒意義或消耗體力的事情，稱「食飽換枵」，音 tsiàh pá uānn iau。

【註】枵，空腹的意思，引申為肚子餓。

跑跑走

跑跑走，音 pha-pha-tsáu，到處亂跑的意思。跑走，同義複詞。跑，採疊字形成「跑跑走」，不是「趴趴走」喔。因為，趴著是無法走的。另外，有人寫作「拋拋走」音對，但形、義都錯了。

夫妻晚上睡覺的時候，丈夫晚上翻身的時候，經常把另一隻腳跨到太太的身上。這時候老婆經常會説：「你的腳不要跑過來。」跑，音 pha。

棉裼被

棉裼被，音 mî-tsioh-phuē，泛指所有以棉製作的被子。

大人蓋的被子稱棉被，包裹嬰兒的衣被稱裼被，兩者合稱棉裼被。漳州多用棉被乙詞，泉州多採棉裼被。此詞民間多誤作「棉襀被」，襀《集韻》資昔切，音積。《篇海》即今之裙褶也。

薄醨醞

河洛話説調味所添加的醬料清淡，稱薄醨醞，白讀 poh-li-si。

醨醞，一是薄酒、一是酸醋，兩者皆製酒過程的產物。薄醨醞，民間多誤作「薄縭絲。」

蚵兒煎

蚵兒煎，白讀 ô-á-tsian，民間多受粵語影響而誤作「蚵仔煎」。包括牛仔褲、歌仔戲都存在相同的錯誤，河洛漢字本字分別是牛兒褲 gû-á-khòo、歌兒戲 kua-á-hì。

蚵蠔，同義複詞。蚵較小，蠔較大，外國進口的生蠔即是一例。蠔，造字是虫、豪的組合，豪大也，即體型比較大的蚵也。

創什小

做什麼，河洛話稱創什小，音 tshòng-siánn-siâu。

創作，同義複詞。作，同做。《康熙字典》：「麼，細也，小也。」按本書之同義複詞理論，做什麼就是創什小。創什小本意是你在做什麼？而非罵人的意思，民間多誤作「創啥潲」，並認為是粗俗不雅的意思。但若從《臺灣閩南語常用詞辭典》對「啥潲」乙詞的註釋，您會發現前後解釋的矛盾甚多。

小，普通話的音同民間指稱男人的精液的河洛音 siâu，本字是屄（音ㄙㄨㄥˊ 精液的俗稱），故多被誤解是罵人的話。早期臺灣人多是閩南移民來臺開墾，大多是目不識丁的農民，所以早期臺灣民間常有人説：「臺灣人沒衛生又不識字。」識，白讀 bat，例如：識字 bat-jī、識貨 bat-huè，在早期傳教士的臺語聖經就保存此音。

掫著等

掫，音ㄔㄨˋ，文讀 thiok，白讀 tshuah。【註】掫，謂動而痛也。

掫著等，白讀 tshuah-leh-tán，因害怕而發抖。掫，造字

是　　（手）、畜的組合，手抓畜牲，畜牲因害怕而發抖的意思，民間多誤作「掣」字。

抽搐，證名。手足頻頻伸縮抽掣之證。瘈瘲的別稱，簡稱搐。《醫碥》卷四：「抽搐者，手足頻頻伸縮也。」《傷寒明理論》卷三：「或縮或伸，動而不止者，名曰瘈瘲，俗謂之搐者是也。」從《醫碥》、《傷寒明理論》可相互印證「搐」字之正確性。

著，是河洛漢字最複雜的漢字之一，它的意思很多，以音別義故發音也特別多。坐著，音 tsē-leh。打中別人或中了進士稱「著！」音 tiȯh。「寒梅著花未」的著唸 tiâu。著，三十六著，著當招使用，音 tsiau。若著當寫的意思，唸 tù，例：著作，音 tù-tsok。失火，河洛話稱著火，音 tȯh-hué。此字可說是河洛漢字最複雜的一個字，就連《辭海》記載的普通話發音也多達五個以上。

不祀鬼

不祀鬼，音 put-sū-kuí，指行為不檢點、什麼壞事都敢做，行事乖張離譜，死後不被放入公媽龕謂之。

公媽龕的龕字，造字係合、龍的組合，即公媽龕左右有兩條龍，龍頭在上方交會的造型。顯見造字當時，係依當時的形制所造。離譜，即在生之人，對不起列祖列宗的事情，不被載錄於族譜之中謂之。若死後不放入公媽龕裡面，接受後代子孫祭祀，稱不祀鬼。

醪水溪

　　濁水溪，河洛話「醪水溪」，白讀 lô-tsuí-khe。

　　濁醪，同義複詞。醪，音ㄌㄠ ˊ，臺語音同勞，造字係酒、膠（省略月）的組合，各取一偏旁而成。醪係釀酒過程中，穀物所形成的膠質，讓酒變成混濁的樣子，故古代的酒都要用布篩過。《醒世恆言》第十九卷：「他夫妻對坐而飲，玉孃在傍篩酒，和氏故意難為他。」就是酒中有雜質，必須篩酒的證明。

凌轎腳

　　凌，文讀 lîng，《唐韻》力膺切，夌音陵。

　　鑽穿、穿越、凌越，同義複詞。《漢樂府‧上邪》：「上邪，我欲與君相知，長命無絕衰。山無稜，江水為竭，冬雷震震，夏雨雪，天地合，乃敢與君絕。」稜，音ㄌㄥ ˊ，凌白讀音來自稜，與稜有同樣的偏旁夌（《玉篇》古文陵字，越的意思），這就是有邊讀邊。

　　鑽轎腳，即凌轎腳，音 nǹg-kiō-kha。每年農曆三月廿三日媽祖生日，全臺灣都在瘋（犭肖，Unicode 中文碼 U+2479A）媽祖，虔誠的信徒夾道媽祖遶境，生病的犯者排列在路上，期待能「凌轎腳」得到媽祖的庇佑，得以消災解厄怯疾。

屎穴兒

屎穴兒，白讀 sái-hak-á，就是糞坑，民間多誤作「屎礐仔」乙詞。

糞屎，同義複詞。坑洞、洞穴，同義複詞。穴與學普通話音調高低不同，但幾乎同音，白讀 hak。根據一字多音、以音別意的原則，糞坑就是屎穴，河洛話加上贅音兒，形成 sái-hak-á 的音。

一個人如果上廁所上很久，早期長輩會說：「你是蹲落屎穴兒，放彼爾久或放彼兒久。」其中「彼兒」採用連音，形成 hia 的音（有人寫作 hiah）。

咒詛

詛誓，同義複詞。咒誓，音 tsiù-sē，河洛話咒詛，音 tsiù-tsuā。普通話稱發誓。

《佛學大辭典》：「誦神佛之名，證吾言如實不妄，曰咒誓。」宋‧董逌《廣川書跋‧書后》：「其在盟詛，於主要誓，大事在盟，小事在詛。若詛誓而求獸，則惟后世末俗行之，非古也。」《普門品》云：「咒詛諸毒藥，所欲害身者。念彼觀音力，還著於本人。」這句話是河洛話，還著於本人即還給他本人的意思。

網路有個笑話說：「我若說的不準，全家死光光。」而這個全家指的是全家便利超商。但咒詛是不能隨便亂開玩笑的，

長輩也常警告，咒詛經常是一語成讖。

憨鏡

　　憨，《廣韻》呼談切，音 hâm。《玉篇》愚也，癡也。

　　憨，造字係敢、心的組合，意指不能做的事情都敢去做，很離譜的意思。後引申為癡、愚、很離譜、很誇張的意思。

　　憨鏡，就是放大鏡，過去科學不發達的年代，人們認為可以將東西放大的鏡子，實在是太離譜了，並認為是不可能的事情，稱憨鏡。

播田

　　種田，種植的意思，河洛話播田，音 pòo-tshân。播種，同義複詞。

　　民間多將「播田」誤作「佈田」，按漢字形音義之原則，音對形義不對。漢・董仲舒《春秋繁露・三代改制質文》：「后稷長于邰土，播田五穀。」南朝梁元帝《言志賦》：「聞夏王之鑄鼎，重農皇之播田。」這是相關文獻的出處。

抑霸

　　抑霸，白讀 ah-pà，行事霸道，不講理的意思。壓抑，同義複詞。民間多誤作壓霸，實為抑霸也。

《一次看懂四書：孔子教你做人與處世》：「孟子抑霸太過，不免流於正道。」另維基百科海瑞條目的記載，也提到「海瑞懲貪抑霸，整頓吏治」的事蹟，這兒的抑霸（反向）是「抑制一方之霸」，可以說是霸道中的霸道，但卻可說是大快人心。

央行抑制通貨膨脹、抑制關節退化的「抑制」白讀 ah-tsè，而不是壓制，白讀 ap-tsè。這就是前述同義複詞的規則，看到的字，跟念的音是另一個字的道理。

揜相

揜相，音 hip-siòng，就是照相或稱拍照。

揜，音ㄧㄢˇ，同掩。早期照相之時，攝像師掩蓋在一片黑布之下，取景、對焦之後，按下快門，攝取影像在底片上，稱揜相。揜，音 hip，源自於本字的部首偏旁的合字。

民間多將本字誤作「翕」字，這個字白讀雖與揜同音，但係指鳥類用羽毛為雛鳥保溫的意思。同音不同義，差一個字就不是揜相喔。另外，拍照所用的機器稱揜相機，普通話稱照相機。

鵁鳥 vs. 斑鴿

鵁鳥，音 hún-tsiáu，即今之鴿子。鴿，部首偏旁有個合字，河洛話白讀唸 kah。（合、給、鴿、蛤等河洛話白讀都念 kah）

《方言》第八卷第八條目：「鳩，自關而東周鄭之郊、韓魏之都謂之鵖鶻，其鷁鳩謂之䳚鶻。自關而西秦漢之間謂之鵴鳩，其大者謂之鳻鳩，其小者謂之鵴鳩，或謂之鶏鳩，或謂之鵶鳩，或謂之䳕鳩。梁宋之間謂之鷦鳾。」從此條目與同義複詞的原理，可以看出鵖、鳩係屬不同地區的方言，斑鳩按同義複詞的原理，即斑鴿 pan-kah，鴿子即鳻鳥 hún-tsiáu。

鳻，造字係粉（省略米）、鳥的組合。與今之粉鳥乙詞，造字原理相同。然就鑑往知來與古文接軌來看，仍應回歸「鳻鳥」乙詞。

掠媾

抓姦，河洛漢字掠媾，音 liáh-kâu。

抓，同義字包括擄、掠、捉等字，河洛漢字採用掠。姦，就是媾的意思。交通（兩邊相交即是通）、姦媾，同義複詞。通姦，即交媾。抓姦，即抓交媾的意思。媾，造字是女、溝（省略氵）的組合，指女子下方的那條溝。若男子的性器官與那個地方相交，稱交媾。

蟋蟀，河洛音 tōo-kâu。《方言》第十一卷第十一條目：「蛄詣謂之杜蛒。螻蛭謂之螻蛄，或謂之蜂蛉。南楚謂之杜狗，或謂之蛞螻。」蝦蛄，文讀 hê-koo，河洛話稱 hê-kâu。掠媾，河洛話稱 liáh-kâu，就非常的合理（狗ㄍㄡˇ，媾ㄍㄡˋ，都唸 kâu）。

在臺灣，都市的牆面上，徵信社的廣告常刊載一隻人形的

猴子，稱抓猴。呵呵，人類實在很糟糕，自己的行為偏偏要賴到猴子身上，若猴子看懂漢字也要群起抗議。猴曰：「好漢做事好漢當，干我們猴兒什麼事呢？」

阿躒

　　阿躒，音 o-ló，指誇獎的意思。阿，音 o，奉承阿諛的意思。躒，足、樂的組合，代表快樂腳的意思，即很棒的意思。文獻《清宮珍寶金瓶梅百美圖》：「颼得只一拳去，打的那酒保叫聲：『阿躒！』裏腳襪子也穿不上，往外飛跑。」阿躒，即稱讚的意思，河洛話有時採用褒獎的「褒」音 po，例：囝兒愛捷褒 gín-á-ài-tsiȧp-po，即小孩子要經常誇獎他，鼓勵他的意思。這兒的「捷」代表迅速、快速，即經常的意思。

　　阿，文讀 o，例：阿房宮。阿，白讀 a，例：阿公、阿媽、阿爸、阿母、阿兄等親屬稱謂。

倒糾

　　退縮，就是倒糾，音 tò-kiu。

　　倒退、糾縮，同義複詞。將退換成倒，縮換成糾，即「倒糾」乙詞。常見縮成一團，即糾成一團的意思。所謂：「長山過臺灣，心肝結歸丸。」糾結，同義複詞。結歸丸，糾歸丸。

　　老倒糾，即年老因骨輪膠質退縮（減少）及地心引力的關係，導致身高減少的意思。一些醫學常識建議：「孕婦可透

過撫摸肚子、散步以促進子宮糾縮的方式，傳達對寶寶的情感。」證明糾縮就是同義複詞。

辛椒

辛辣，同義複詞。辣椒，就是辛椒，加入贅音兒之後，形成白讀音 hiam-tsio-á。

辛椒，今多誤作「薟椒仔」。薟，文讀 hiàm，《唐韻》良冉切，音斂。又火占切，音瘚，辛味。若有辛味就是本字，那怎麼不採「辛」字呢？受漢文化影響頗深的日本，尚保留辛椒的用法，如：辛椒（ラージョウ）中國家庭常備的調味料，朝天辣椒（辣椒＝唐辛子）、朝天干辛椒（干辛椒＝干した唐辛子）。《荀子·正名篇》：「甘、苦、鹹、淡、辛、酸、奇味以口異。」及《日本漢字大辭典》來看，在在都顯示「辛」是河洛話本字。《日本漢字大辭典》的記載辛有兩個音，一是辛い（からい），辣的意思。另一是辛い（つらい），辛苦的意思。這與前述一字多音，以音別義的原則相符。

在《摧毀女人的病變：常見的婦科疾病》裡面有一段話：「忌辛椒、薑、桂皮等辛辣刺激性食物。」《何典》第一回：「我們夫妻兩個，一錢弗使，兩錢弗用，吃辛吃苦，做下這點牢人家。」葉聖陶《多收了三五斗》：「我們吃辛吃苦，賠重利錢借債，種了出來。」中醫養生書及文獻常見「吃辛吃苦」的用法、《荀子·正名篇》、食品標示「辛香料」、及韓國的「辛拉麵」等，在在都證明同義複詞「辛辣」的「辛」就是普

通話的「辣」，這是沿用上古漢語的用法。另外，網路尚有許多辛椒之相關出處，按本書同義複詞的規則及文獻佐證，在在都證明「辛椒」才是本字。

擦冰

　　擦冰，即刨冰的意思，音 tshuah-ping。民間多誤作剉冰，白讀 tshò-ping，非 tshuah-ping。剉，坐、刂（刀）的組合，即坐著拿刀劈柴、砍東西的意思，例：《拍案驚奇》第三卷：「後生自去剉草煮荳，不在話下。」剉柴，音 tshò-tshâ，即砍柴的意思。

　　擦，《篇海》《字彙》：「初戛切，音察。摩之急也。」摩擦，同義複詞。擦冰，即用刨刀摩擦冰塊使成細屑狀，可說是合情合理。礤，同擦或做擦，即「礤冰」、「擦冰」或「擦冰」皆可，三字以擦為常用字，本書按前述以音別義的規則，採「擦冰」乙詞。

　　擦拭，同義複詞。擦窗戶，即拭窗兒。刨擦，同義複詞。擦當刨的意思，音 tshuah。這是河洛話一字多音，以聲音區別字義的原則。『淘寶網』販售的廚房用具「菜擦子」擦，音 tshuah。民間說：「第一賣冰，第二做醫生。」指賣冰的生意很好賺，若您賣的是「擦冰」，相信更容易引

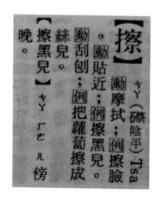

來媒體的報導，幫您做免費的宣傳。這時候您可以大聲的說，「擦冰」才是正宗的河洛漢字。

卵鳥

卵鳥，音 lān-tsiáu，指男性的生殖器官，器官上有鳥頭、羽毛、卵蛋，稱卵鳥。【註】鐘文出版社《辭海》有記載卵的發音ㄌㄢˇ，指男子的睪丸。

卵脬，音ㄌㄨㄢˇ ㄆㄠ，白讀 lān-pha，指男性的陰囊。從「卵鳥」乙詞來看，這是一種引申用法。另外，漢人對於性內心火熱，陳述卻都非常保守。做愛在古代都寫作雲雨，雲指卵鳥上的陰毛（烏雲），雨指做愛過程射精的精液。

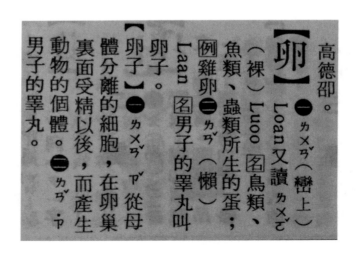

目珠

　　目珠，音 bȧk-tsiu，指眼睛的意思。

　　睛，造字是目、青的組合，指眼睛黑色部分，即瞳仁。瞳仁，形狀是圓的，即眼珠子。睛，《玉篇》目珠子，就是最好的證明。眼目，同義複詞。睛珠，同義複詞。眼睛，即河洛話「目珠」，不是「目睭」。《拍案驚奇》第十四卷：「就把指頭自挖雙眼，眼珠盡出，血流滿面。」這兒眼珠，就是目珠。

米軋

　　碾米，即軋米，音 ká-bí。

　　碾軋，同義複詞。米軋，音 bí-ká，就是碾米廠。今對岸湖北地區，還存有許多「軋米廠」。《新華日報》：「後來因米局的價格跟暗市的價格相差很大，軋米的人，有許多在深夜二點鐘就坐在米店門口等候，一直等到天明八時米店才礱米。」今多誤作「米絞」，絞造字是糸、交的組合，即用線綁住、擻緊的意思，但用絲線是無法碾米的。

滿好

　　滿足，同義複詞。足好，即滿好，裝水的時候，滿了就是好了，非蠻好。

　　滿，變成蠻是注音輸入法造成的錯。電視臺字幕講求輸入

快速，打字的人輸入的速度很快，而漢字同音異字的現象普遍，常常導致錯誤的發生。

友孝

孝順父母，友愛兄弟，即孝友的意思，河洛話採倒裝詞稱友孝，音 iú-hàu，亦謂兄友弟恭、父慈子孝的意思。文獻《書》云：「孝乎惟孝、友于兄弟，施於有政。」《詩經·小雅·六月》：「侯誰在矣？張仲孝友。」

此詞民間多誤作「有孝」，惟有孝係指家裡有喪事，字義相差十萬八千里。《醒世恆言》：「他那爹爹大張員外，方死不多時，只有媽媽在堂。……知得張員外有孝，怕他不肯帶妓女，先請他一個得意的婊子在那裡。」這裡的有孝，指張員外的爹爹過世，家裡有喪事的意思。友孝音同有孝，但字義不同，若誤用就宛如俗語：「豦母牽去牛墟」，音 ti-bó-khan-khì-gû-hi，千萬別誤用喔！

【註】豦母牽去牛墟，豦母就是豬母，要賣頭豬卻牽去牛墟（牛市），指牛頭不對馬嘴之意。

赫擺

顯擺，河洛話稱赫擺，音 hiā-pai。顯赫，同義複詞。赫《唐韻》呼格切，文讀 hik，白讀 hiā。《說文》火赤貌。又《小爾雅》赫，顯也。

酒徒‧《隋亂》有一段話:「徐大眼身上就穿了這麼一件,張小五也有一件類似的直裾,卻不捨得總穿在身上,只是重要日子才穿出來顯擺。」這兒的顯擺,就是河洛話赫擺。

今民間受方音差的影響,多誤作「囂俳」乙詞,可說是形音義完全錯誤,「青蛙跳水」啊!

踣倒

跌倒,河洛話稱踣倒 puȧh-tó。踣跌,同義複詞。普通話用跌,河洛話採踣。跌造字係失、足的組合,即失足跌倒的意思。

文獻《秦士錄》:「連擊踣數人,聲聞於王,王令隸人捽入,欲鞭之。」連擊踣數人,就是連續擊倒數個人的意思。民間多將踣倒誤作「跋倒」,文獻《傳》:「草行曰跋,水行曰涉。」怎麼會有跌的意思呢?教育是百年大計,切勿採積非成是、眾口鑠金的作法。否則,影響的將是我們的下一代。

歸工

歸整,同義複詞,歸就是整的意思。整天,臺語不能寫作「歸天」,這代表人死亡、過世的意思,正宗的河洛話要寫作「歸工」。

回歸,同義複詞。歸家人,家裡的人都回來,不就是全家人!因此歸引申有整、全之意,今「歸整」,即同義複詞。

薪勞

薪勞，音 sin-lô，即受薪階級的勞工，符合濃縮用字的規則。

民間多將本詞誤作「辛勞」，早期的有人寫錯，後人一再引用就變成文獻，實在真是可悲。漢字形音義皆符才是本字，而非辛、薪同音，就認為辛勞是本字。古代「薪水」是勞工或使用人，揀柴、挑水，換來微薄工資的意思。

拽錢

A 錢，河洛話拽錢，音 e-tsînn，亦可稱作食錢 tsia̍h-tsînn。

拽磨、拖磨，同義複詞。拽錢，就是將錢拖回去的意思。另外，製作湯圓的過程，有一道工序是將糯米用石磨磨成漿汁，稱拽圓兒。

鈔紙

紙鈔，倒裝詞鈔紙，白讀 tshau-tsuá，臺灣稱人民幣為鈔紙。

鈔紙，有的人常誤解是草紙（音同），但草紙是擦屁股的，不是人民幣喔！若大家對文字不重視，為何要教臺語漢字？反正只要用同音字取代即可，何須老師講授臺語漢字呢？

軟虯

　　軟虯或軟虬，白讀 nńg-khiû，即民間寫作「軟Q」乙詞。

　　河洛話注重押韻，在綜藝節目可常聽見這句話：「虯虯軟軟，無食拍損。」此詞係稱女孩子長相肥軟、肥軟，很可愛、很可口，若沒有跟她偷來暗去一番，實在是很可惜的意思。河洛話拍損 phah-sńg，意指即將可採摘的蔬菜或水果，受到風災等外力損傷，或致無採摘效益可言，即普通話可惜的意思。

流㵿

　　垂涎，即流口水，河洛話稱流㵿，白讀 lâu-nuā。下垂、流下，同義複詞。㵿涎，同義複詞。

　　㵿ㄌ一ˋ，白讀 nuā。《太平廣記》：「昱與渡人遽前捉其衣襟，㵿涎流滑，手不可制。」《國語‧鄭語》：「及周厲王之末，發而觀之，㵿流于庭，化為玄黿。」㵿流，倒裝詞即流㵿。

　　民間嬰兒四個月大時，有收㵿 siu-nuā 的習俗。但㵿字少用之後，大家都不會寫，今竟然寫作「瀾」字，這個字在《爾雅‧釋水》：「大波為瀾。」若流㵿水寫作流瀾，這是一件很恐怖的事情，因為學生睡個午覺，都可能因此而淹大水，甚至會鬧出人命啊。

斜倒

傾倒，河洛話斜倒，音 tshia-tó。

傾，斜也。斜倒一碗麵，指先傾斜，後弄倒的意思。斜，白讀 tshiâ，例：斜對面，音 tshiâ-tuì-bīn。斜倒的斜在本處唸 tshia，符合發音在八音的範圍內的規則。

民間多誤作「捙倒」。捙，音一ˋ。《篇海》：「音裔，牽引也。」捙，造字是　（手）、車的組合，即以手牽引車子的意思，完全符合《篇海》的記載，並非將東西打翻的意思。

見誚

誚，《説文》古文譙字。《前漢・黥布傳》項王數使使者誚讓召布。【註】誚，責也。民間稱「未見誚」音 buē-kiàn-siàu，本有責罵的意思，民間今多誤作「袂見笑」。未，在此指無會的連音，未來是指還沒來，用此字雖假借，但都比「袂」來的強上百倍。另外，「沒」這個字形音義也符合，都是可以用的漢字。

《東度記》第一回：「豈是癡，非是傲，説與漁翁休見誚。你今向我笑笑人，我向你笑有玄奧。」休見誚，即不要見誚。《封神演義》第九十三回：「但貧道出家之人，本不當以兵戈為事，因偶然不平，故向將軍道之，幸毋以方外術士之言見誚可也。」

即馬

立即，同義複詞。立馬，就是即馬，音 tsit-má。民間多誤作「這馬」乙詞，這音 tse 而非 tsit。

即馬，是「即刻上馬」的濃縮用語。德光中學網站有：「古早到即馬。」乙詞《乾隆下江南》第七十六回：「鮑龍、洪福即刻上馬，直望北京進發。」《七劍十三俠》第八十九回：「李智誠那敢怠慢，即刻上馬飛奔去了。」古代中原地區常遭受湖人的襲擊，若有胡人入侵，官兵馬上出發應戰。馬上，即上馬的倒裝詞，引申為立刻、即刻的意思。

鯽魚，臺語不好念，在兩字間插入贅音「兒」，白讀 tsit-á-hî。有個教授說，「即」沒有 tsit 的音，那鯽魚的「鯽」呢？tsit 的音就是來自於「即」。反而「這」音 tse，並沒有 tsit 的音，在連音理論中，「這一」的連音，白讀才是發 tsit 的音。

舒斜

伸傾，就是河洛話「舒斜」白讀 tshun-tshia。

伸舒，同義複詞，舒白讀 tshun，今將本音誤作「伸」字。傾斜，同義複詞，斜白讀 tshia。常見「舒手舒腳」乙詞，即河洛話舒腳舒手，白讀 tshun-kha-tshun-tshiú。

早期民間有練武的習慣，用以抵禦外侮。武師教徒弟練武，要徒弟手伸直一點，身子傾斜一點，但徒兒怎麼做都學不

來，河洛話稱「講無會舒斜。」文獻《醒世恆言》：「但內才如此，不知外才何如？遂啟半窗，舒頭外望，見生凝然獨立，如有所思。」這兒的舒頭就是臺語本字，即華語伸頭的意思。

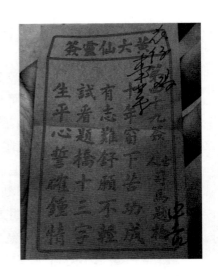

這張籤詩之中，第二句：「有志難舒願不輕，」即「有志難伸願不輕」的意思。您若不懂河洛漢字，這籤詩怎麼解呢？

雞角

有長角的公雞，就稱雞角（雞冠），音 ke-kak。【註】母雞雖有冠（角）但比公雞小很多。

鴨角，音 ah-kak，有長角的公鴨（鴨冠）。但民間都認為雞公、鴨公才是本字，其實意義是對的，但卻不是本字。這原理跟同義複詞所述一致，看到的字，跟所念的音是不同的字。

翁姥

夫妻，河洛話稱翁姥，音 ang-bóo，一般都誤作翁某，且一誤逾百年以上。前面提及，臺語誤用一個漢字，只要編一個故事即可，捉猴即是一例。

某，近代臺灣文獻稱老婆謂某，謂娶某人之某女，概只取其音而未明其義也。明代的文獻皆寫作「翁姥」，其中「姥」在宋以前的官方讀音就是 bóo（莫補切），這才是河洛話的本字。翁，是老先生；姥，是老女人。與今之「娶老婆」同義也，非常合乎河洛話的用字哲學。

明・凌濛初《拍案驚奇》：翁姥大驚道：「我這裡設齋，並不曾傳將開去。三四里外女子從何知道？必是個未卜先知的異人，非凡女也！」三言二拍，就是馮夢龍的《喻世明言》、《警世通言》、《醒世恆言》合稱三言，及凌濛初的《拍案驚奇》、《二刻拍案驚奇》合稱二拍。這五本書記載許多河洛用詞、用語與風俗習慣，是研究河洛漢字最佳的參考書之一。

舒適

舒適，音 sù-sī，比喻讓人感覺很舒服的意思。

舒適乙詞，源自普通話的層次音，符合八音範圍內自由升降的原則。《唐祝文周》：「唐伯虎若是住在家裏，何等的舒適。」今臺語界寫作「四序」，再編個小故事，這就叫本字？別再自欺欺人了。

紓壓

　　紓壓或舒壓，不是同音就好，這是有分辨的方法的。舒，伸的意思。紓，解的意思。那答案就浮現了！漢字形音義，義最重要，意義不對，其餘免談。

　　紓壓，在開放文學網站裡面，這麼多的話本小說都找不到出處，顯然這是近代才出現的詞彙。媒體也因為個人電腦的注音輸入法，讓同音字一再的誤導觀眾，才出現同音不同字的問題。古代教育不普及，寫錯字叫假借，現在則不能再有藉口了。

大扮

　　大方，河洛話稱大扮，音 tuā-pān。

　　大扮，源自盛粧打扮的盛粧（同盛妝、盛裝）。盛者，大也（盛大，同義複詞）。粧者，扮也（粧扮，同義複詞）。盛粧即大扮。民間多誤作「大範」乙詞，錯誤一籮筐，可謂罄竹難書啊。

　　您若看過日本劇就知道，幕府將軍或德川家康劇中，將軍要出征的時候，全身束結、穿戴整齊，盛裝打扮，看起來就很有將軍的威嚴，這才叫大扮。大扮，就因為音近變成「打扮」乙詞。這跟「請接受小的揖拜。」一樣，後來就變成「請接受小的一拜。」都是音近惹的禍。

企鵝

企鵝，音 khiā-gô，是一種生長在南極的動物。

企，本指舉踵望也。漢字變成方塊字之後，造字是人、止的組合，後衍生出 khiā 的意思。《康熙字典》：「从人从止會意，止即足也。」今臺語界誤作「徛」，將企鵝誤作「徛鵝」。

布篷

篷，文讀 pông，白讀 phâng。《廣韻》薄紅切。船連帳也。又織竹夾箬以覆舟。

帆布，河洛話篷布 phâng-pòo，又稱布篷 pòo-phâng。篷帆，同義複詞。普通話用帆，河洛話採篷。布篷，今已被塑膠布所取代，市場上已不多見。

鰲早

鰲，文讀，白讀 gâu。原指耐操的馬，引申作傑出、厲害的意思。

桀鰲，同義複詞（桀同傑）。傑出，就是鰲 gâu，故有「桀鰲不馴」乙詞。《集韻》鰲，音傲，義同。所謂成績傲人，即成績上的「鰲人」音 gâu-lâng。

在臺灣，一早碰面不是「鰲早」gâu-tsá，就是「食飽沒」

tsiàh-pá-buē【註】沒，《集韻》莫佩切，音 buē。一個是傳統禮教的稱呼語，後者是漢人南遷，在逃難的過程中，有一餐沒一餐，所衍生的問候語。

大將軍蒙恬的祖父蒙驁早，於今觀之，可能是一大清早出生的，故以名之。

扒山

爬山，河洛話扒山，音 peh-suann。民間多誤作（足百）山，百足是無法爬山的，因為人類又不是蜈蚣。道理很簡單，但很多人卻都自以為是，自我感覺良好。

《拍案驚奇》第三十一卷：「正寅慌忙拴上房門，脫了衣服，扒上床來。」《歡喜冤家》第八回：「便一骨碌暗中扒上床來，往那盛梅水壇中兜出一碗水，往爐中一澆。」《醒世姻緣傳》第二九回：「從初八日喫了早飯，坐了頂扒山虎小轎，走上山去。」這兒的扒山虎小轎，就是一種專門在山裡行走的小轎。

扒，用筷子把食物撥進嘴巴，音 pe。如果是抓癢的話稱扒癢，音 pê-tsiūnn。當攀登的意思，音 peh。這就是河洛話一字多音，以音別義的規則。

逃位

　　逃位，《唐韻》厷徒刀切，音陶。音 to-uī，本指逃離其職位而不知去向，後引申不知道在哪裡的意思，因為大家找不到季子。本詞今多誤作「佗位」，真是駱駝心態。

　　《史記‧吳太伯世家》：「先王有命，兄卒弟代立，必致季子。季子今逃位，則王余昧後立。今卒，其子當代。」就是逃位乙詞的出處。另外，若監獄逃犯跑掉一個，稱逃一個 to-tsit-ê。必須清查之後，才知道逃掉的犯人是誰，逃一個引申為哪一個的意思。

　　黃俊雄布袋戲口白：「史豔文被藏鏡人氣功打中，逃走去了！」這逃走去乙詞在河洛話變化最多，例：逃走去、走逃去、走去逃。

豎兒

　　豎子，就是豎兒，音 sū-á。《唐韻》臣庾切《說文》豎，立也。《字彙》直也。又凡卑鄙者皆曰豎。《史記‧留侯世家》豎儒幾敗乃公事。

　　豎兒，詞源可參考《三國演義》操大怒曰：「豎子不足與謀！」這兒的豎子，就是卑鄙、沒擔當、沒謀略的豎兒。有的媒體將本詞寫作「俗辣」標準的以音記字，是外來語的做法。

著瘵

雞、鴨、鵝感染流感，導致集體大量死亡稱瘟疫，河洛話稱著瘵，音 tioh-tse，民間多誤作「著災」。

瘟瘵，同義複詞。瘟，造字係疒、溫（省略氵）的組合，它是一種熱病，染上雞瘟的家畜，身上都會發燒、發熱。瘵，《唐韻》側介切，厽音祭。文讀。《廣韻》病也。白讀音 tse 得自「祭」字（八音範圍內）。《關聖帝君濟世消災集福忠義經》瘟瘵章第十四，證明瘟瘵是同義複詞。

歹瀒

害羞，河洛話歹瀒，音 pháinn-sè，民間多誤作「拍謝」、「歹勢」等詞。

按同義複詞的規則，害羞的害就是壞、歹，羞即是瀒，瀒《唐韻》色立切，厽音濇。與澀同。《說文》不滑也。故害羞就是歹瀒。在 Google 檢所得資料中有多筆資料，其中網址 http://dedy2mamy.blogspot.tw/2012/06/blog-post_16.html，有這句話：「歹瀒……歹瀒（pai she）老爸，父親節時我竟然想起了你太太我阿媽。」證明尚有人會正確的使用「歹瀒」乙詞。

寵幸

寵幸，同義複詞。寵孩子，河洛話「幸子」，音 sīngkiánn。例：幸嫷揭灶，幸子不孝，音 sīng ti giâ tsàu, sīng kiánn put-hàu。嫷，白讀 ti，豬 tu 也。揭舉，同義複詞。揭，白讀 giâ，舉也。另，民間將「幸」字誤作「倖」，此幸非彼倖也。

俗語説：「僥倖錢，失德了；冤枉錢，博輸筊。」音 Hiau-hīng-tsînn, sit-tik liáu, uan-óng tsînn, puah-su kiáu。這句話是説：「僥倖賺來的錢，做缺德的事上賠光了，跟人家冤枉所賺的錢，常在賭博場子賭輸了。」這裡的「僥倖」就用對了。

順續

順續，音 sūn-suà，順便的意思，民間多誤作「順紲」乙詞。

接續、下落，同義複詞。接下來，即「續落來」乙詞。《官場現形記》第三十一回有下面這段話：

那人説：「姓齊。」接下來又問：「台甫？」

接下來，就是「續落來」的意思。河洛話不是沒有字，稍微轉一下頭腦，河洛漢字信手捻來！

勤力

勤勞，河洛話勤力，白讀 kut-lat。勞力，同義複詞。

勤，漳州音 kîn（文讀），泉州音 kûn（白讀），按八音

可自由升降調值的原則，可變音為入聲 kut。《史記・殷本紀》：維三月，王自至於東郊。告諸侯群後：「毋不有功於民，勤方迺事。」唐柳宗元《送薛存義序》：「早作而夜思，勤力而勞心。」宋蘇舜欽《題花山寺壁》詩：「栽培翦伐須勤力，花易凋零草易生。」《醒世恆言》第三十八卷：「賴得你等勤力，各能生活，每年送我禮物，積至近萬，衣裝器具，華侈極矣！」從漢唐宋明文獻來看，實一脈相傳至今，毋庸置疑。

尷尬

尷，《韻書》未收錄，白讀 gāi。尬，文讀 kài，白讀 giòh。

尷尬，音 gāi-giòh，就是渾身不自在，不好意思的意思。

《拍案驚奇》第三十六卷：「不尷尬，此間不是住處。適纔這男子女人，必是相約私逃的。」早期黃俊雄布袋戲常見「尷尬」乙詞，今民間多誤作「礙虐」乙詞，漢字形、音、義完全不對。以河洛人的角度來看，看到「礙虐」乙詞，實在讓人真尷尬！

虻

虻，音ㄇㄥˊ，白讀 báng，文讀 bâng，即蚊子。《類篇》眉耕切，音盲。齧人飛蟲。《集韻》同蝱。《唐韻古音》

五郎切，音邰。

蚊，《唐韻》蚊無分切，音文。《說文》囓人飛蟲也。《續博物志》地濕則生蚊。《爾雅翼》蚊者，惡水中孑孓所化，囋人肌膚，其聲如雷。《韻會》作蟁。《集韻》亦作蚉蟁蟁。蟁，《玉篇》古文蚊字。

蚊虻，同義複詞。蚊，河洛漢字的本字是「虻」。虻，造字係虫、氓（省略民）的組合，是一種四處流竄吸動物血的蟲。《拍案驚奇》第三十七卷：「蚊虻能喰人，難道也是天生人以養蚊虻不成？」

帶

您住在哪兒？住，河洛話帶，音 tuà。

古時候城裡的房子，沿著街道兩邊建造，由城牆上望去，宛如一條長長的帶子，最靠近街道的這一間，叫第一帶。《警世通言》第二十五卷：當下買舟，逕往紹興會稽縣來，問：「桂遷員外家居何處？」有人指引道：「在西門城內大街上，第一帶高樓房就是。」顯然當時西門城內，沿街興建的第一帶高樓房就是員外的家。

你住在哪兒？河洛漢字：「你帶抵迌位？」帶是漢字的引申用法。抵就是在的意思。今人多不明其義，而另造字引用，猶如畫蛇添足，令人莞爾。

茨

房子，河洛話茨，《唐韻》疾資切，音 tshù，《説文》以茅蓋屋。即以茅草蓋的房子，顯然此字形成之時，人們已經從穴居走出來平原，用草木建造自己的房子。

日本有個茨城縣，係由茅草蓋的房子所組成的縣城。漢·張衡《東京賦》：「慕唐虞之茅茨，思夏後之卑室。」漢·揚雄〈逐貧賦〉：「昔我乃祖，宗其明德。克佐帝堯，誓為典則。土階茅茨，匪彤匪飾。」從上述的文獻來看，唐虞之時，即有茅茨的建築。

築

築，《廣韻》張六切，丛音竹。文讀 tiòk，例：建築 kiàn-tiòk。

築，白讀 khōng，音得自恐的層次音（普通話），音來自恐上方的部首左「工」右「凡」。民間多誤作「鞏」字。例：有幾間茨，用磚兒築，音 ū-kuí-king-tshù-iōng-tsng-á-khōng。

腳

腳，文讀 kiok，《唐韻》居勺切，丛音蹻。《説文》脛

也。或作脚。《釋名》却也。以其坐時却在後也。古時候跪坐，類似今之日本風俗，如《釋名》所示，腳在後面也。

　　腳足，同義複詞。足跡，河洛話腳跡，音 kha-jiah。《臺灣閩南語常用詞辭典》採文白對應原理，多認為本字無 kha 的音，但神奇的是字典收錄四腳亭 Sì-kha-tîng、六腳鄉 Lak-kha-hiong、水返腳 Tsuí-tńg-kha 三個詞，在在顯示腳的白讀音 kha，這不是自打嘴巴嗎？所以本書一再強調，白讀早於文讀，文白不能對應的道理。

　　《醒世恆言》第十四卷：「當日是十一月中旬，卻恨雪下得大。那廝將蓑衣穿起，卻又帶一片，是十來條竹皮編成的，一行帶在蓑衣後面。原來雪裡有腳跡，走一步，後面竹片扒得平，不見腳跡。」這兒的腳跡即足跡，合乎本書同義複詞的理論。

　　腳，今多用替代用字跤。跤造字係足、交的組合，兩足相交就會絆倒，所以有摔跤乙詞（今係一種體育活動）。這種以音找字的原理太不科學，也造就河洛文化的大災難。

貿

　　貿，易也。貿易，同義複詞。貿，白讀 báu，以物易物的意思。民間多誤作「卯」字，音近似而形義皆無，青蛙跳水矣！

　　《詩經·國風·衛風·氓》：「氓之蚩蚩，抱布貿絲。匪來貿絲，來即我謀。送子涉淇，至於頓丘。匪我愆期，子無良

媒。將子無怒，秋以為期。」這兒的「抱布貿絲」即抱一塊布來，換絲再回去織布。而詩經這首詩，也是河洛地區的文獻，符合本書臺語（河洛）漢字理論。

竅

竅，音 khiáu，指聰明的意思。訣竅，同義複詞。訣，事情的關要或重點，掌握重點就能贏人一步。所謂：「江湖一點訣，講破無價值。」

在《風流悟‧第一回》：「有竅，有竅，還是你。但如今就去便好訪著了，明早到裏書房來回復我。」這兒的有竅，即河洛話的用法。另外，「開竅」乙詞，就是開始變竅的濃縮用詞。您變聰明了嗎？有竅，有竅。

聰明，民間多誤作巧，其實巧只是恰好發音相同而已，並非聰明的本字。所謂：「學問講破毋值兩 cent 錢。」巧，形音義只有音同、形義不同，千萬別再誤用巧了！

戇

戇，戆的俗字，文讀 gàng，白讀 gōnɡ，指傻、笨的意思。媒體多誤作「憨」字，音 ham。

戇頭戇腦，形容人傻裡傻氣、莽撞冒失。例：「他這個人有點兒戇頭戇腦的，很容易被騙。」文獻上，《唐祝文周》：「一定是你，一定是你，你到杭州去就親，成就你的荷包姻

緣，敢是強兇霸道，臀凸肚蹺，做出一副戇頭戇腦的模樣。」

忝

忝，音ㄊㄧㄢˇ，文讀 thiám。《唐韻》迭他點切，音餂。《説文》辱也。

《説文》將忝字解釋作辱，非也。忝，累也。忝累，同義複詞。《詩經·小雅·小宛》：「夙興夜寐，無忝爾所生。」這句話是説，早點起床，晚點去睡，不要讓您的父母太累。許慎之所以解釋錯誤，乃是本字係其他漢語系方言，好為人師的結果，就是觀看前後文之後，誤解忝的字義。

晉·傅咸·御史中丞箴：「竊位憲臺，懼有忝累垂翼之責。」證明忝累係同義複詞。今臺語界採用本字，實乃明智的抉擇。

遺

遺，音ㄧˊ或ㄨㄟˋ，《唐韻》迭以醉切，遺去聲。普通話層次音 uè，即傳染的意思，例：遺（贈）著感冒。就是別人送給你感冒病菌的意思，這是河洛話相當特殊的用法。

除談到傳染之外，在參加告別式的時候，司儀在祭拜者之後，常會向家屬説：「ㄨㄟˊ族答謝」這句話就説錯了，正確是：「ㄧˊ族答謝。」這裡的遺是留的意思，留下來的族人答謝的意思。

彘

　　彘，音 ti，就是豬，音 tu。將「蜘蛛」對比「彘豬」的音，您就知道為何兩字發此音了。

　　《雙鳳奇緣》第三十一回：「背主忘恩的衛律，你為漢臣，貪生怕死，投順番邦，一點忠心不顧，狗彘不如，反來勸我。」清‧吳璿《飛龍全傳》第四十八回：「君有難，臣當不顧其身而救之，豈言退耶！直狗彘不如也！」狗彘不如，即彘狗不如，音 ti-káu-put-jû，形容行事卑劣連豬狗都不如。

　　在中原的方言區裡面，豕、豚、豬、彘等都是豬的意思。所以到了日本，看到豚骨拉麵即拉麵裡面有豬肉、湯汁係用豬骨熬製而成的。另外，民國六〇年代，國中同學常説：「您公（講）彘（ti），抑您公（講）豬（tu）？」就是利用諧音想佔您便宜的一句話。

姝

　　美麗、漂亮，河洛話稱姝，文讀 sū，白讀 suí，民間多誤作「媠」字。媠《廣韻》他果切，音妥。雖然意義相同，但形音皆不同。

　　姝美，同義複詞。姝麗，即美麗也。《新唐書‧列女傳‧符鳳妻玉英》：「符鳳妻某氏，字玉英，尤姝美。」姝，就是美的意思。河洛話所謂：「紅姝烏大扮。」姝，即穿紅

（朱）衣的女子。姝，在《甘氏字典》記載：「就是 suí，」
即是一大例證。

觸

　　觸，音ㄔㄨˋ，文讀 tshiok，白讀 tú。
　　觸遇、碰觸，同義複詞。我遇到你，即我觸著你。黃帝內
經：「夫氣之動亂，<u>觸遇</u>而作，發無常會，卒然災合，何以期
之？」《警世通言》：「誰知玉姐提著便罵，<u>觸</u>著便打。」
《唐祝文周·第四十六回》：「機關觸破，王師爺當然大觸
霉頭。」《三國志·卷七》：「布恐術為女不至，故不遣兵救
也，以綿纏女身，縛著馬上，夜自送女出與術，與太祖守兵相
觸，格射不得過，復還城。」《醒世恆言》第二十五卷：「峽
中有座石山，叫做灩澦堆。四五月間水漲，這堆止留一些些在
水面上。下水的船，一時不及迴避，<u>觸</u>著這堆，船遍粉碎，尤
為利害。」

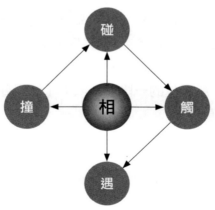

牴觸，同義複詞。觸，《說文》牴也。《易‧大壯》羝羊觸藩。《荀子‧議兵篇》觸之者角摧。《揚子‧太玄經》星辰不相觸。

抵

　　抵，音ㄉㄧˇ，文讀 tí，白讀 tī。

　　抵在、抵達、到達，同義複詞。馬英九總統抵紐約，即馬英九總統在紐約的意思。民間多誤作「佇」雖然文讀音相同，但字義卻風馬牛不相及，此字係久立的意思，白讀 tshù（類似貯藏室的貯），例：你佇在那兒做什麼？臺語「你佇抵彼兒創什？」（創就是作或做的意思）

　　文獻《唐祝文周》：「到了來日下午，方才抵家。」、「一路思想，早抵書房門外。」抵，就是到、達、在的意思。跟「方才」一樣的同義詞，包括剛才、適才、恰才，其中恰才，白讀 tú-tsiah。恰，造字是心、合的組合，兩心相合就會相觸 sio-tú，恰白讀 tú。五、六〇年代，政府推動兩個孩字恰恰好的生育政策，這個恰字就是臺語的本字。

　　抵，這個字常用，只是我們都沒有注意到。例：甲搭火車去臺中拜訪乙，所發生的一段對話如下（請用臺語念）：

　　乙：你抵達？
　　甲：我抵臺中火車頭。
　　乙：我去載你。
　　甲：好，我達這兒等你。

乙：我差不多十分鐘會到。

甲：好，再見。

這樣簡單的用法，您應該不會再去使用「佇」這個字吧，佇只是漢語同音異字的巧合而已！

偎

偎，音ㄨㄟ，文讀 oue，白讀 uá。

倚偎、依偎，同義複詞。倚，河洛話採用「偎」。日本電視臺常見：「西瓜偎大邊。」邊，就是河洛話「爿」，音 pîng。《拍案驚奇》第三十八卷：「只是婦人一時偏見，不看得破，不曉得別人的肉偎不熱。」《唐祝文周》：「文徵明在倚紅偎翠的時候。」元‧關漢卿《五侯宴》第三折：「偎山靠水安營寨，掃蕩賊兵建勛勞。」就是最重要的證據，民間多誤作「倚」字。

嚴

嚴，文讀 giâm，白讀 gân。

嚴，《說文》教命急也，又《玉篇》威也，文讀 giâm。又《正字通》寒氣凜冽曰嚴，白讀 gân。常見「天氣嚴寒」乙詞。嚴寒，同義複詞，見《正字通》。《水滸傳》第十回：「正是嚴冬天氣，彤雲密布，朔風漸起，卻早紛紛揚揚捲下一天大雪來。」民間多將嚴 gân 誤作寒，將寒發 gân 的音。

張

張，文讀 tiong，白讀 tiunn，若當設陷阱捕物的意思，白讀 tng。例：張鳥鼠 tng-niáu-tshí。

《水滸傳》：「原來兔李吉正在那坡下張兔兒，認得是史家莊上王四，趕入林子裏來扶他，那裏扶得動，只見王四搭膊裏突出銀子來。」這兒的張兔兒，音 tng-thòo-á。張兔兒，民間受粵語的影響多誤作「張兔仔」。

喝

喝，音ㄏㄜ，文讀 hat，白讀 huah。

呼喝，同義複詞。喝是普通話誤解河洛話最嚴重的漢字，喝酒原指呼叫小二拿酒來的意思，後來竟演變成今日飲酒的意思。

《唐祝文周》：「倒弄得陸氏，無從動手喝打了。」

號

號，音ㄏㄠˋ，文讀 hō，例：信號 sìn-hō；白讀 háu，當哭的意思。

《金瓶梅·第五回》：「但凡世上婦人，哭有三樣：有淚有聲謂之哭，有淚無聲謂之泣，無淚有聲謂之號。當下那婦人乾嚎了半夜。」哭的三種類型，分別採用哭、泣、號三個字。今民間多誤作吼字，吼《玉篇》牛鳴也。《廣韻》聲也。完全

沒有任何哭的意思。但看到「吼」被當作「號」使用，真的很想要「號出來」。

《三國演義・第四回》：「李儒讀冊畢，卓叱左右扶帝下殿，解其璽綬，北面長跪，稱臣聽命。又呼太后去服候敕。帝后皆號哭，群臣無不悲慘。」號哭，同義複詞。泣，反而河洛話白讀少用。

烹

烹，文讀 phing，《唐韻》普庚切。

烹，《廣韻》俗亨字，音ㄏㄥ，白讀音源自ㄏㄥ的變音，讀 hiânn。烹，造字是亨、火的組合，上面是炊具，下面用火加熱，即煮的意思。

烹煮，同義複詞。烹茶，即煮茶、燒茶的意思。《紅樓夢》第二十一回：「因命四兒剪燭烹茶，自己看了一回《南華經》。」《儒林外史》第一回：「秦老慌忙叫兒子烹茶，殺雞、煮肉款留他；就要王冕相陪。」而「爨動曉煙烹柴蕨」、「塵靜寒霜覆綠苔」上聯出韋莊《西塞山下作》；下聯出姚合《和劉禹錫主客冬初拜表懷上都故人》。烹柴，音 hiânn-tshâ，是另一河洛話常見的用法。

飲

飲，文讀 ím，白讀 lim，造字是食、欠的組合，指將液

體倒入喉嚨，不用咀嚼直接吞下。飲酒，音 lim-tsiú，民間多誤作「啉酒」乙詞。關於飲酒的相關用法，河洛話有喫酒 khè-tsiú、食酒 tsiåh-tsiú、飲酒 lim-tsiú 等用法。

呷

　　呷，音ㄒㄧㄚˊ，音與「霞」的白讀相近，白讀 hah，《説文》吸呷也。

　　呷，指飲用熱的飲料，例：食茶 tsiåh-tê、飲茶 lim-tê、呷茶 hah-tê。民間多誤作「呷七碗免錢。」將呷發 tsiåh 的音。《拍案驚奇》第六卷：「大娘喫了糕，呷了兩口茶，便自倒在椅子上。」呷，吸而喝的意思，專指飲用熱的飲料。早期電視劇員外飲茶，茶杯有底座及上蓋，飲茶時用蓋子將茶葉撥一邊，更發出的 hah 聲音，即呷字。

形

　　形，音ㄒㄧㄥˊ，文讀 hîng，白讀 sîng（層次音），《説文》象形也。像，通作象。

　　《拍案驚奇》第二卷：「按西湖志餘上面，宋時有一事，也為面貌相像，騙了一時富貴，享用十餘年，後來事敗了的。」形象、形像，同義複詞。我們説子女像爸爸，像音 sîng，非也。其實「形」才有 sîng 的音，非像也。臺語：「你

形您爸爸」，即你像你爸爸的意思。

識

識，文讀 sik，白讀 bat，例：識貨，音 bat-huè，民間多誤作「捌貨」乙詞。識懂，同義複詞。採用捌這個字，只能説很有創意，但完全沒有任何意思。

《甘字典》編號 375 識，音 bat。《拍案驚奇》第一卷：「我們若非這主人識貨，也只當得廢物罷了。」識，白讀 bat，遠超出《韻書》或聲韻學的範疇，即本書一再強調，根本沒有文白對應這件事。

慳

節儉，河洛話稱慳，《廣韻》苦閑切，文讀 kân，白讀 khiām，民間多誤用「儉」字。按同義複詞的規則，另一個同義字才是河洛漢字。例：勤慳拍拚，白讀 khûn-khiām- phah-piànn。

慳吝，同義複詞。《初刻拍案驚奇》第十五卷：「若是無錢慳吝的人，休想見著他每的影。」慳，不止河洛話在使用，粵語也是採用慳字，這都是古漢語的用字。明·湯顯祖·《紫釵記》第四十二齣：「這恩愛前慳後慳，這姻緣左難右難。」。南史·卷十六《王玄謨傳》：「劉秀之儉吝，常呼為老慳。」

擉

　　擉，音ㄔㄨˋ，文讀 tshak，白讀 tū。擉，造字係扌（手）、獨（省略犭）的組合，用單手插刺的意思。

　　《唐韻》：「測角切，音齪。與籍同，刺取鼈蜃也。」擉，刺也，造字是扌（手）、獨（省略犬）的組合，發類似普通話獨的音 tū。

　　文獻《莊子・則陽》：「冬則擉鼈於江，夏則休乎山樊。」唐・韓愈・祭鱷魚文：「罔繩擉刃，以除蟲蛇惡物。」證明「擉」才是河洛漢字的本字。

癰

　　癰，音ㄩㄥ，文讀 ing。

　　一種範圍較大的惡性膿瘡，據中醫師表示即癌症的意思。癰加入贅音兒，癰兒 ing-á（音同「鷹兒」）。

　　漢字之中，關於類似腫瘤的漢字包括癰、疱、瘡、疽、疔、及河洛話的粒兒。這些都是相關的病症，但發病的情形、病灶、治療的方法都不相同。有人認為這些都算皮膚病的一種，但長在外面的顯而易見，長在裡面的就難以得知，例如下面《清稗類鈔》中的肺癰。

　　清稗類鈔：「或患肺癰，委頓欲死。」、「目疾不足慮，當自愈。愈後七日，足心必生癰毒，一發，則不可治。」、「乾隆時，辰谿有毛矮子者，本姓張，名朝魁。年二十餘，遇

遠來之丐，張待之厚，丐授以異術，治癩疽、瘰癧及跌打損傷危急之證，能以刀割皮肉，去淤血，又能續筋正骨。」顯見癩並非長在表皮，內臟亦會長癩，如本例之肺癩。臺灣誤用漢字的情形嚴重，宛如染上癩兒一般，必先逐一的導正，否則將致萬劫不復的地步。

　　除了上述的錯誤之外，普通話亦常受河洛話的影響，衍生出許多錯誤的用法。如學生跟老師說：「請受弟子揖拜。」結果今之普通話作「請受弟子一拜。」另外，像是一個人累了，想要先去休息一下，稱「我先去寐一下。」結果普通話作「我先去瞇一下。」這些都是只記其音而未諳其義所致。

【第五章】
漢朝講河洛話的證據·················

　　根據臺灣早期的漢學老師表示，漢朝的官話即今之臺語（河洛話）。但漢朝距今已歷兩千餘年，當時又沒有錄音機，且現在又沒有時光機器，誰可以證明漢朝的官話為何？

　　西漢揚雄《方言》乙書，是一本田野調查方言的專書，全書共十三卷，萬餘言，記載中原周邊地區的方言與用字。惟西漢當時讀書識字的人不多，且某些方言區僅有語言而未有文字。因此，我們認為該書可能如外來語一般，有字記載方言本字，無字記載其音（即記音字）。另，該書採用某字在某地採用某字的體制書寫，於今觀之，即同義字的概念。因此，只要檢視方言條目的內容，若有非同義字的漢字，假設該字為訛字（記音字）。只要找出該條目相關的同義字，若存在一個同義字，與方言條目的訛字（記音字）的河洛話同音，就可以證明漢朝的官話即河洛話，否則這個傳說，就只是個傳說。

　　西漢之際，《方言》所記載的方言，使用族群較大的方言枝，或許今天尚存，而當時較小的方言枝或許今已亡佚，有的或許根本沒有文字，該族群就已被同化而消失，至於人們口語聲調高低的問題，所導致的用字差異，普遍存在於外來語的記載，本文將之視為同音字。因此，本書從《方言》十三卷之中，每卷抽出一個條目，檢視本字與訛字之間，存在河洛話讀音相同的現象，即可證明漢朝官話即河洛話。

　　《方言》十三卷之中，某些卷記載相當詳細，讓人幾乎找

不到破綻，而某些卷的記載又顯得簡略，顯非出自同一人之手。本文撰寫的手法，對於找不到破綻之卷，僅解釋合乎本理論之處，而錯誤之處，則載明訛字與本字的比對方法，讓讀者可以一目了然。

第一卷

第一條目：「黨、曉、哲，知也。楚謂之黨，或曰曉，齊宋之間謂之哲。」

晉郭璞：「黨，朗也，解寤貌。」黨，朗也，《唐韻》多朗切，即同義字的方向思考。但黨有朗的意思嗎？必然有一個漢字與「知」同義，且與「黨」的河洛話同音，音 tóng，懂即黨的本字。《唐韻》未收錄懂字，《廣韻》《集韻》有懂字無懂字，《正韻》收錄懂字，多動切。顯然懂是後起之字，若當時沒有字而僅有音，《方言》採記音字即其來有自。而採集《方言》之人，皆是官方的人物，因此可得知「黨」的音，來自於當時的官話。

知曉，同義複詞，「曉」字沒有問題。哲，臺語文讀 tiat，非「知」的意思，本字應為記音字，而「徹」就是本字，《說文》通也。全句除採用河洛話（臺語）可朗誦無礙之外，全句的字義就一目了然。上述同音異字的現象，經比對客語、普通話、粵語都不相同，因此可初步證明河洛話（臺語文讀）即漢朝當時的官話。

漢字	韻書	臺羅音標	臺灣閩南語常用詞辭典
黨	《唐韻》多朗切	tóng	兩者臺語讀音完全一致。
懂	《正韻》多動切	tóng	

漢字	韻書	臺羅音標	臺灣閩南語常用詞辭典
哲	《唐韻》陟列切	tiàt	兩者臺語讀音完全一致。
徹	《唐韻》直列切	tiàt	

修正後之第一條目：「懂、曉、徹，知也。楚謂之懂，或曰曉，齊宋之間謂之徹。」

第二卷

第二十七條目：「鐫，揬也。晉趙謂之鐫。」

鐫琢，同義複詞。揬，與琢同音異字，《唐韻》竹角切，音 tok。擊也，推也。一曰擿也。又都木切，音啄。擊聲。《玉篇》刺木也，鐫揬意義並不相同。琢，《說文》治玉也。《爾雅・釋器》雕謂之琢。因此，揬的本字修正為琢。

漢字	韻書	臺羅音標	臺灣閩南語常用詞辭典
揬	《唐韻》竹角切	tok	臺語與普通話發音一致。
琢	《唐韻》竹角切	tok	

修正後之第二十七條目：「鐫，琢也。晉趙謂之鐫。」

第三卷

第三十一條目：「別，治也。」

別緻，同義複詞。治，《廣韻》直利切，理也。緻，《廣韻》直利切，《説文》密也。兩字亦係同音異字之誤也。別緻，格外細膩的意思，比別人更好、更精緻的意思。

漢字	韻書	臺羅音標	臺灣閩南語常用詞辭典
治	《唐韻》直利切	tī	臺語與普通話發音一致。
緻	《唐韻》直利切	tī	

修正後之第三十一條目：「別，緻也。」

第四卷

第四條目：「帬，陳魏之間謂之帔，自關而東或謂之襬。」

裙襬，同義複詞。帬，通裙，《唐韻》渠云切。裙為今之常用字，帬改裙字。

修正後之第四條目：「裙，陳魏之間謂之帔，自關而東或謂之襬。」

第五卷

第二十九條目：「橛，燕之東北朝鮮洌水之間謂之椴。」

橛，《唐韻》居月切，音厥。椴《唐韻》杜玩切，音段。椴造字係木、段的組合，即一段木柴，義同橛。兩字係同義字的關係，間接證明漢字係不同方言區的漢字所組成，而椴係燕之東北朝鮮洌水之間的用字。

第六卷

第十四條目：「忕、捛，壞。」本條目非屬同義字的關係，忕《唐韻》徒亥切，音待 thāi（h 音可有可無）。《韻會》他貸切，音貸 tāi。《說文》慢也。忕臺語讀音與「歹」讀音 tāi 相同。

捛，《唐韻》郎丁切，音零。《玉篇》手懸捻物也。本字無壞的意思，臺語讀音 ling。冗，同宂字，《唐韻》而隴切，戎上聲。《說文》散也。散即無法束緊，鬆開，冗長的意思。捛與冗雖讀音相異，卻與「冗」臺語白讀音 līng，僅音調些微之差距，歸類為方音差的問題（本條目代表臺語白讀出現在中原，但本條目未標明訪談出處，甚為可惜）。若以同義字的概念，歹、冗，皆符合壞的意思，故本條目可修正為：「歹、冗，壞。」

本條目間接證明臺語白讀系統，在西漢之前，即已存在中國北方的例證。此與秦統一六國，六國語言文字異於秦國之

說，不謀而合。而酒徒在《隋亂》卷一塞下曲提及：「兩晉之後，漢家衣冠南渡，帶走了大量北方財富，同時把秦漢以來數百年間積累下的書籍、音樂、禮儀和風俗習慣席捲到了南方。」顯然兩晉漢人南遷，將北方的語言、風俗習慣等帶至南方，源自閩南語的臺語白讀音方能被《方言》乙書所收錄。

漢字	韻書	臺羅音標	臺灣閩南語常用詞辭典
怠	《唐韻》徒亥切	tāi	兩者同音異字之誤也。
歹	《長箋》等在切	tāi	

漢字	韻書	臺羅音標	臺灣閩南語常用詞辭典
拎	《唐韻》郎丁切	ling	冗，白讀 līng，與拎的讀音相近。若按臺語八音升降原則，則完全符合。
冗	《唐韻》而隴切	lióng/līng	

修正後之第十四條目：「歹、冗，壞。」

第七卷

第廿五條目：「漢漫、賑眩，懣也。朝鮮洌水之間煩懣謂之漢漫，顛眴謂之賑眩。」

漢漫，即「頇顢」同音異字之誤也。漢，《唐韻》呼旰切，音 hàn。旰，又居寒切，音干。漢，讀音亦有 han 的音。漫音 bān。頇音 han；顢音 bān。漢《唐韻》呼旰切，音熯

（臺語讀音 hān），水名。頊《廣韻》許干切，音銲。《玉篇》顢頊。經過比對「漢漫」與「頊顢」之音，僅聲調高低之差，歸類為同音異字之誤（本條目僅考慮「漢漫」乙詞）。

修正之後，第二十五條目：「頊顢、眅眩，憊也。朝鮮洌水之間煩憊謂之頊顢，顛眴謂之眅眩。」

第八卷

第十七條目：「雞雛，徐魯之間謂之秋侯子。」第八卷的內容考證非常詳實，僅提出「秋侯子」迄今尚在使用的證據討論。

宋孫奕《履齋示兒編・雜記・人物異名》：「雞曰戴冠郎。」清厲荃《事物異名錄・禽鳥・雞》：「陳、宋、衛之間，謂雞為鸊鷿；徐魯之間謂之秋侯子，一名戴冠郎。」顯見「秋侯子」乙詞，在清朝之際，仍舊在徐魯一帶流通。

第九卷

第四條目：「箭，自關而東謂之矢，江淮之間謂之鍭，關西曰箭。」

鍭《唐韻》乎鉤切，音侯。《爾雅・釋器》金鏃翦羽謂之鍭。【註】今之鋛箭是也。查箭、矢、鍭三字，皆符合同義字的關係，為關東、江淮與關西的方言，符合漢字係漢語區各方言所組成的理論，本條目無需修正。

第十卷

第十一條目：「遙、窕，淫也。九嶷荊郊之鄙謂淫曰遙，沅湘之間謂之窕。」

遙、窕、淫三字，非完全為同義字的概念，顯然本條目有誤。遙《廣韻》餘招切，音謠。《説文》遠也。顯然遙並無窕或淫之意。查「窕」之同義複詞「窈」，臺語讀音 iáu 與遙之讀音 iâu，僅聲調有些微的差異，符合方音差的問題。窈，幼、穴的組合，正面想是年輕漂亮，故有「窈窕淑女，君子好逑」乙詞，負面，則年輕又漂亮，狹幼齒就有淫的意思。

漢字	韻書	臺羅音標	臺灣閩南語常用詞辭典
遙	《廣韻》餘招切	iâu	讀音相當接近，可歸類音近之誤也。若按臺語八音升降原則，則完全符合。
窈	《唐韻》烏皎切	iáu	

第十一條目可修正為：「窈、窕，淫也。九嶷荊郊之鄙謂淫曰窈，沅湘之間謂之窕。」

第十一卷

第五條目：「螳蜋謂之髦，或謂之虰，或謂之蚚蚚。」

第十一卷記載與考證詳實，僅臚列與今之用字差異的地方。螳蜋，即今之螳螂。蜋《篇海》同蜋。證明古代與今之用

字差異，均係同義字的關係。修正後之第五條目：「螳螂謂之髦，或謂之虰，或謂之蟷蟷。」

第十二卷

第八條目：「築娌，匹也。娌，耦也。」

戴震《方言疏證》：「今關西兄弟婦相呼為築里，度六反，《廣雅》作妯。」築里、築娌或妯娌，顯然又係同音異字之誤。築《廣韻》張六切，音竹。妯《廣韻》直六切，音逐。《廣雅》兄弟之妻相呼曰妯娌。其中「築」與「妯」臺語同音異字，讀音 tiok。而娌，耦也。耦，《說文》耒廣五寸為伐，二伐為耦，字義不對。偶，成雙成對，即配偶也。比對耦、偶兩字，字義以「偶」較為吻合。

漢字	韻書	臺羅音標	臺灣閩南語常用詞辭典
築	《廣韻》張六切	tiok	臺語同音異字之誤也。
妯	《廣韻》直六切	tiok	

漢字	韻書	臺羅音標	臺灣閩南語常用詞辭典
耦	《唐韻》五口切	gáu	臺語、普通話皆同音異字也。
偶	《唐韻》五口切	gáu	

本條目可修正為：「妯娌，匹也。娌，偶也。」

第十三卷

第一百廿三條目:「臆,滿也。」

臆《廣韻》於力切,音億。溢《唐韻》夷質切,音逸。《說文》器滿也。「溢」與「臆」同音異字,臺語讀音 it,且「滿溢」乙詞,符合同義字之規則。

漢字	韻書	臺羅音標	臺灣閩南語常用詞辭典
臆	《廣韻》於力切	it	臺語、普通話皆同音異字。
溢	《唐韻》夷質切	it	

第一百廿三條目可修正為:「溢,滿也。」

結論

以上考證結果,雖然有部分與普通話一致,但由於與臺語文讀是全面性的一致或僅有音調高低之差,亦有可能係記錄者或受訪者音調高低的問題。若僅僅只有第一條目相同,或許可以說是巧合,但從每一卷都存在同音異字的現象,因此本文認定漢朝的官話係臺語文讀音。

民間漢學老師傳說漢朝的官話即今之河洛話(臺語),透過同義字、外來語兩個理論,重新檢視西漢揚雄《方言》乙書,十三卷都可以找到河洛話的蹤跡,解開方言本字與西漢官

話的秘密，證明民間的傳說為真。因此，高本漢提出之漢藏同源、漢藏語系的立論，就不攻自破。如學者王力、李方桂、鄭張尚芳等構擬之上古漢語，亦因本研究而失去其立論基礎與效力。

　　粵語、潮州話等方言，都曾提出漢朝官話同其方言的論點，但都無法提出合理的證明。本書採用的方法，完全合乎學理、科學的根據，透過漢朝講河洛話的假設，印證《方言》本字的方法，進而證明漢朝的官話即今之河洛話，本逆向工程研究上古漢語的方法獨步全球。

【附錄一】
常見的同義複詞對照表

傾：倒，例如：再傾（倒）一桶水。《醒世恆言》

上：頂，例如：一桌子吃飯，一床上（頂）睡覺。《金瓶梅》

下：落，例如：忽然間，下（落）了一陣大雨。《醒世恆言》

倘：若，例如：若（倘）有人送玉來。《紅樓夢》

停：止，例如：風恬浪靜，語止（停）雲開。《警世通言》

稍：微，例如：伯牙見他不告而坐，微（稍）有嗔怪之意。《警世通言》

添：加，例如：遂命童子重添（加）爐火，再爇名香，就船艙中與子期頂禮八拜。《警世通言》

墳：墓，例如：可惜前日紈扇扯碎了，留得在此，好把與你搧墳（墓）。《警世通言》

趕：緊，例如：這幾日內趕緊派人去收拾。《紅樓夢》

緊：急，例如：危灘急（緊）浪中。

偷：竊，例如：樵人竊（偷）聽，遂得其詳，記於「漢末全書」。

騎：乘，例如：乘（騎）馬兒見丞相領飯。

整：齊，例如：船上水手都起身收拾篷索，整（齊）備開船。

歇：休，例如：你可歇（休）息歇（休）息。《金瓶梅》

遂：即，例如：西門慶與李瓶兒燒了紙，遂（即）出庫去。《金瓶梅》

翼：翅，例如：寒雞鼓翼（翅）紗窗外。《警世通言・第二十

卷》

忙：碌，例如：碌（忙）亂了半夜。《警世通言・第二十卷》

口：嘴，例如：口（嘴）上不説。

臉：面，例如：洗臉（面）。

湯：水，例如：燒湯（水）。

枵：飢，例如：肚中又飢（枵）。（胃藥廣告：枵飢失頓，胃痛溢赤酸）

睡：眠，例如：早起夜眠（睡）。

收：斂，例如：後來得病去世，山林斂（收）些錢財，葬於會稽山下。《儒林外史》

製：造，例如：made in TAIWAN 就是臺灣製（造）。

玩：耍，例如：有時來阿明那裏耍（玩）。

間：隔，例如：間（隔）壁鄰家。

允：許，例如：就是不允（許）這頭親事了。

進：入，例如：老師也隨後入（進）來。

擦：拭，例如：鍾公拭（擦）淚相勸。

叫：喚，例如：叫（喚）匠人修理。

拍：打，例如：隨手拍（打）開。

吃：食，例如：眾人吃（食）了一頓。《金瓶梅》

宰：殺，例如：買了一錢豬肉，又宰（殺）了一隻雞。《金瓶梅》

折：斷，例如：那日把席上椅子坐折（斷）了兩張。《金瓶梅》

亮：光，例如：天亮（光）。

舞：弄，例如：舞龍舞獅，即弄龍弄獅。

時：常，例如：兩隻腳久常赤著，即兩隻腳久時赤著。

飼：養，例如：恐怕小兒養（飼）不大。

長：大，例如：只愁不養，不愁不長（大）。

腹：肚，例如：從此放下這片肚（腹）腸，即從此放下這片腹腸。

繳：納，例如：我欲去銀行繳（納）註冊費。

路：徑，例如：一路上逢山開徑（路）。

聽：聞，例如：焦氏聞（聽）說丈夫戰死。

焚：燒，例如：焚（燒）化紙錢。

租：賃，例如：焦氏賃（租）了一處小房。

年：歲，例如：原來每歲（年）夏間。

婚：姻，例如：兩個偶然言及姻（婚）事。

串：通，例如：你兒子與壞人串（通）好。

酣：醉，例如：吃勾半酣（醉）。

傳：遞，例如：遞（傳）與老尼。

回：轉，例如：老尼回（轉）來。

瓶：罐，例如：上手的提著一瓶（罐）酒。

朵：蕊，例如：下手的把著兩朵（蕊）通草花。

毛：髮，例如：把頭髮（毛）剃得一莖不存。

永：久，例如：圖個久（永）遠快活。

顆：粒，例如：朱唇綴一顆（粒）夭桃。

採：摘，例如：記得當初，共伊把青梅來摘（採）。

哭：泣，例如：嗚嗚而泣（哭）。

澆：沃，例如：這油從頭直澆（沃）到底。《醒世恆言》

感：覺，例如：女童覺（感）到被他看見。

思：想，例如：左思（想）右算。

躲：避，例如：敵人都逃躲（避）不知去向。

藏：匿，例如：藏（匿）於複壁之中。《警世通言》

末：尾，例如，結末（尾）又走個嬌嬌滴滴少年美貌的奶奶上
　　來。《警世通言》

選：擇，例如：選（擇）佳地起大樓。《警世通言》

擁：擠，例如：一齊擁入，即一齊擠入。

極：儘，例如：他的父母極（儘）護短。

窮：盡，例如：日誦金剛般若經一遍，可以息諸妄念，卻病延
　　年，有無窮（盡）利益。

兄：哥，例如：我哥（兄）王景隆進了三場，願他早占鰲頭，
　　名揚四海。

烏：黑，例如：烏白講，即黑白講。烏腳病，即黑腳病。一頭
　　烏黑的秀髮。

稟：報，例如：前後事一一細稟（報）。

道：路，例如：順道（路）拜訪。

兒：子，例如：那見尼姑的影兒（子）。

聲：響，例如：只見一間房裏，有人叫響（聲）。

幫：助，例如：張權另叫副手相幫（助）。

哄：騙，例如：把湊趣的話兒哄（騙）你。

妨：礙，例如：有甚見諭，就此說也不妨（礙）。

販：賣，例如：這販（賣）米生意，量有幾兩賺錢。

遭：遇，例如：況又遭著兵火。（況又遇著兵火）

寵：幸，例如，寵（幸）豬揭灶，寵（幸）子不孝。

包：裹，例如，府中裹（包）粽子。

吵：鬧，例如：鬧（吵）了數日方休。

侵：透，例如：侵（透）早。侵（透）入肌膚。

疼：痛，例如：報告老師：「阿美連日心疼（痛）病發，來不
　　得學校。」

給：予，例如：送去給（予）老太太。《紅樓夢》

都：攏，例如：都（攏）是自小聘定的。

希：望，例如：希（望）圖窺他底蘊。

窺：視，例如：希圖窺（視）他底蘊。

寄：附，例如：送到一個親戚人家附（寄）學。

儉：省，例如：一生省儉做家。

衣：衫，例如：長衣（衫）一領遮前後。

遮：蓋，例如：左手遮（蓋）住臉。

共：同，例如：古者男女坐不同（共）席，食不共（同）器。

束：縛，例如：抽取枯藤，束（縛）作兩大捆。

差：遣，例如：供人差遣。差，遣也。

僱：倩，例如：我女兒招僱（倩）工人為婿？《警世通言》

喧：嘩，例如：眾人齊聲喝采，喧（嘩）聲如雷。《警世通
　　言》

恐：驚，例如：交淺言深，誠恐（驚）見怪。《警世通言》

滿：盈，例如：不禁熱淚盈（滿）眶。《紅樓夢》

訓：斥，例如：好一頓訓斥責罵。《紅樓夢》

縫：隙，例如：讓我從門縫（隙）看看。《金瓶梅》

攪：拌，例如：妳同妹妹拌（攪）嘴。《金瓶梅》

淌：流，例如：説著説著淌（流）下一大串眼淚來。《金瓶梅》

嗟：嘆，例如：那邊黛玉自憐自嘆（嗟）。《金瓶梅》

悲：哀，例如：忽然聽山坡上也有悲（哀）聲。《金瓶梅》

倚：偎，例如：倚（偎）著欄杆。《金瓶梅》

桌：席，例如：黛玉聽了這一席（桌）話。《金瓶梅》

娛：樂，例如：悶悶不樂（娛）。《金瓶梅》

鬱：悶，例如：自己便有些悶（鬱）悶（鬱）不樂。《金瓶梅》

搓：揉，例如：揉（搓）著眼睛説。《金瓶梅》

真：正，例如：後邊日子正長，即後邊日子真長。

丟：擲，例如：説玩擲（丟）在她懷裏便走。《金瓶梅》

滯：留，例如：第一個停留（滯）的地方。《金瓶梅》

款：項，例如：足足有好幾大款（項）。《紅樓夢》

邊：爿，例如：榮府已去了半邊（爿）。《紅樓夢》

惦：記，例如：劉姥姥惦記著府上的事。《紅樓夢》

後：繼，例如：後（繼）母心腸狠毒。

繼：承，例如：只要有個好兒子承繼家業。《紅樓夢》

承：接，例如：以盆承（接）雨。

牙：齒，例如：咬牙切齒。（牙科，即齒科）

分：辨，例如：也不辨（分）方向，一直向前。《紅樓夢》

嚇：唬，例如：嚇（唬）得面目改色。《紅樓夢》

腫：脹，例如：滿臉紫脹（腫）。另「眼目腫脹」。《紅樓
　　夢》

真：實，例如：才知丟玉屬實（真）了。《紅樓夢》

假：裝，例如：茶飯不進，裝（假）起病來。《紅樓夢》

芳：香，例如：菱花、荷葉、蓮蓬都有骨清幽的香（芳）氣。
　　《紅樓夢》

木：柴，例如：木（柴）屐。

完：畢，例如：飯畢（完），賈母要去歇息一會兒。《紅樓
　　夢》另畢業，即完業。

卵：蛋，例如：生出的蛋（卵）這麼小巧。《紅樓夢》

直：豎，例如：將來橫豎（直）有散的日子。《紅樓夢》

伸：舒，例如：見陶鐵僧舒（伸）手去懷裡摸一摸。《紅樓
　　夢》

憐：憫，例如：那邊黛玉自憐（憫）自嘆。《紅樓夢》

阻：擋，例如：又怕襲人阻（擋）攔。《紅樓夢》

躺：臥，例如：只是熄了燈躺（臥）著。《紅樓夢》

那：彼，例如：不過為著那（彼）些事。

些：寡，例如：不過為著那些（寡）事。

糜：粥，例如：來一碗粥（糜）。

【附錄二】
從《方言》本字論漢朝之官話

　　西漢揚雄編撰《方言》乙書，全書共十三卷，九千餘字，是中國第一本田野調查方言的專書，記載中原附近各方言區的語言。

　　全書的格式採某字在某地採用某字的體裁，內容即不同方言區的同義字。例如：第一卷第一條目：「黨、曉、哲，知也。楚謂之黨，或曰曉，齊宋之間謂之哲。」另外，方言相對於另一種方言，就是外來語。自古漢語對於外來語，採有字記載本字，無字記載其音，即記音字的方式為之。例：今之「歐巴桑」乙詞，即紀錄日語「おばさん」的記音字。官方派出的田野調查人員是輶軒之使，按外來語理論，有音無字的方言採記音字處理，而其音必採當時的官話為之。

　　民間傳說漢朝的官話即今之臺語文讀。假設此條件為真，那方言條目之中，若有非同義字的地方（假借或稱訛字），必然採記音字的方式處理。因此，只要列出該條目之同義字，若存在某個同義字與方言之記音字同音，即可證明該字為方言本字，而臺語文讀為漢朝的官話。因此，重新檢視《方言》第一卷第一條目：

　　黨、曉、哲，知也。楚謂之黨，或曰曉，齊宋之間謂之哲。

　　本條目僅有知、曉兩字係同義字，而黨、哲兩字非也。按前述的方法，可從知的同義字裡面，可以找到懂、徹兩字，分

別與黨、哲兩字同音異字，即黨，音 tóng，係懂之誤也；哲，音 tiat，係徹之誤也。懂，本字首現於《正韻》，若參酌《廣韻》的懂字，得知《唐韻》或更早的《切韻》亦未收錄本字，即懂、懂係後起之字，亦可證明西漢之際，懂有音無字，而採記音字以黨之音代懂之字的論點。因此，修正後之《方言》第一卷第一條目如下：

懂、曉、徹，知也。楚謂之懂，或曰曉，齊宋之間謂之徹。

修正後的條目，任何漢語都可以解釋，且可完全的解釋到位。漢朝的官話即今之臺語文讀音，證明民間漢學老師所言不假。王力、李方桂、鄭張尚芳等語言學家，以漢藏語系、漢藏同源的基礎，構擬上古漢語的理論就不攻自破，因為上古漢語迄今猶存。

陳世明　撰於 2016.10.01

【附錄三】
從成語「一傅眾咻」看文白異讀

　　成語「一傅眾咻」出自於《孟子・滕文公下》：「一齊人
傅之，眾楚人咻之，雖日撻而求齊也，不可得矣。」從這句話
您可以看到什麼？楚人到齊人之處學語言，然楚人為何要到齊
人之處學語言，而不到其他國家，比如秦、燕、趙、魏、韓
呢？因為齊語即古代四方流通的語言，稱通語或雅言，即本書
的文讀音。

　　孔丘（約西元前 551 年～前 479 年），子姓，孔氏，名
丘，字仲尼，魯國鄒邑（今山東曲阜人）後代敬稱孔子。孟子
（西元前 372 年～前 289 年）名軻，鄒國（今山東省鄒城市）
人。孔孟兩人皆齊人，孔孟的語言即雅言。早期臺灣民間的漢
學老師皆稱漢朝講臺語（河洛話），四書五經皆可以臺語朗誦
無礙，那雅言或漢朝官話的起源，很有可能就來自於齊地。

　　所謂：「關東出相，關西出將。」語出《晉書・姚興載
記》：「古人有言，關東出相，關西出將，三秦饒儁佚異，汝
異多奇士。」李賢注：『《前書》曰：「秦漢以來，山東出
相，山西出將。」秦時郿白起、頻陽王翦；漢興，義渠公孫
賀、傅介子，成紀李廣、李蔡，上邽趙充國，狄道辛武賢，
皆名將也。丞相，則蕭、曹、魏、丙、韋、平、孔、翟之類
也。』關：指函谷關。函谷關以東的地區，民風好文，多出宰
相；函谷關以西的地區，民風好武，多出將帥。為何民風好
文？因為讀書識字在關東由來以久，透過讀書識字，人們傳承

許多先人的智慧與謀略，故關東出相。關西則多為遊牧民族，騎馬、射箭是其專業，若荒年的時候，就進關偷盜搶掠，為了生存而各個勇武善戰。

楚地位於長江沿岸一帶，何以遠至齊國學習語言呢？齊地，就位於山東，文讀音的發源地，所以楚人才到齊地學正統的語言。若非學習當時的通語，實不用大費周章的跑到齊國。從《方言》乙書第一卷第一條目來看，楚方言即今之粵、客語系方言，而今之粵、客語夾雜河洛話就不言可喻。另外，戰國末期，秦統一六國，後因語言、文字與度量衡的差異，秦始皇方有書同文、車同軌的發想。從本書一再傳達，漢字係由不同漢語系族群的漢字總集合，由「書同文」乙詞即可看出，即因當時書不同文，才有書同文的想法。而不同漢語系的漢字，係造字的觀點不同所形成的差異，形成今日眾多的同義字，而河洛漢字係其中的一枝。

由成語「一傅眾咻」顯示，齊語、楚語自古有之，楚人學習通語之後，在家與長輩聽說用楚語，在官方場合讀寫用通語，形成文白融合的現象，這從今之粵語、客語包含河洛用語甚多即可看出。河洛話白讀係另一族群，從河洛話文讀均與白讀理論相同，而白讀起源早於文讀，顯然河洛話白讀在遠古就已成形，文字發明之後，為解決白讀一字多義、一字多音而有標準音的出現。而西域胡人提供切音之法，造就韻書的出現，讓上古漢語得以延續數千年而不墜。河洛話白讀至此與文讀融合，形成文白異讀、文白融合的現象，從司馬遷撰寫《史記》有河洛白讀之「有身」乙詞，且晉惠帝名言：「何不食肉

糜？」乙詞，食、糜兩字亦是河洛用字，讓人不禁聯想司馬氏家族，極可能就是正宗的河洛人。

陳世明　撰於 2016.10.23

【附錄四】
從竹島、德島看河洛話

　　日韓兩國為了一塊小島，雙方爭奪了數十年，最後被韓國搶得頭香，納入韓國的領土。

　　日本人稱這塊島為竹島，韓國則稱德島（今譯作獨島）。然這塊島按理說，並不是日本或韓國所發現的，而係河洛人在漢唐時期移民日本的途中發現的，所以命名為竹島 tik-tó，音同韓國所謂的德島 tik-tó。因為這兩個國家受漢文化薰陶頗深，雖然近年來，韓國將此島嶼譯作獨島，然早期媒體均譯作德島，這的確是不爭的事實。

　　從竹島、德島的漢音來看，河洛話的確在中原，流行一段很長的時間。若語言真的會變，怎會有如此之多的巧合？這又該如何解釋呢？所以本書一再陳述一件事，漢語系的族群很多，哪一個族群主政，才會影響或主導官話的改變，而非語言一直在變。廈門與臺灣分隔數百年來，閩南語迄今都能互相溝通，那語言到底哪裡變了呢？只是詞彙變豐富而已！

【附錄五】
從堤字，看上古漢語佚失的論點

　　學界咸認為語言與時俱進，發音不斷的在改變，並認為上古漢語已經佚失。後來瑞典漢語學家高本漢提出漢藏語系，漢藏同源的理論，引起一股擬音的熱潮。大陸的王力、李方桂、鄭張尚芳等語言學家，幾乎都遵循其腳步，一頭栽入漢藏同源的擬音研究。然事實真的是如此嗎？從幾個面向來，或許讀者就會豁然開朗。

　　杭州西湖有個蘇堤（今音ㄊㄧˊ），是北宋大詩人蘇東坡任杭州知州之時，疏浚西湖，利用挖出的湖泥構築而成，後人為了紀念蘇東坡治理西湖的功績，將之命名為「蘇堤」。堤《廣韻》都奚切，當地人保留ㄉㄧ的音，也就是保留大宋當時的發音；反觀，現今東北地區很多居民，對這個字的念法呢？一樣保留ㄉㄧ的發音。若說語言會變，為何一千年前的發音迄今尚存呢？那兩千年前的發音呢？會不會一樣存在於民間呢？答案是不言可喻的。

　　個人認為語言會變，但只是語彙的多樣化、加入不同朝代的層次音，只有極少數因方音差所致，而非整個語言發生重大的變化或整個徹底的改變。過去就算契丹人、女真人、大遼民族，進入中原統治，同樣是採用中原的漢語，所以上古漢語並不會消失，而是融入整個漢語的大家族裡面。過去的閩南語，從中原南下之後，偏安東南一隅，縱然北方語言產生變化，仍舊實施漢語、漢學教學。一直到 1960 年代的臺灣，才逐漸的式

微，今天的年輕人幾乎都不太會講臺語。但截至今日，仍舊是四、五年級生的日常用語。

既然堤字可以流傳千年而不變，同理可證，兩千年前的語音要留下來，就不是什麼大問題。在我研究西漢揚雄《方言》的過程中，甚至發現臺語母語音、客語、普通話等都被蒐錄在該書，只是大家不懂解讀該書之法，該書的內容始終被誤解，尤其是晉朝的郭璞。在臺灣的文史界，常提到丁、郭、白、馬、金是外族，郭本義是城外，其實就是外族入關後的姓氏之一。郭璞喜歡漢語、漢學，他在看《方言》這本書時，知道意思但不知道本字，所以當他看到第一卷第一條目，才會說「黨，朗也。」意思是抓到了，但「黨」是「懂」的訛字，他卻完全不知道。

暸解藏文、藏語的人就知道，這是兩種完全不同的語系，但瑞典漢語學家高本漢卻號稱漢藏同源，以漢藏語系為由研究上古漢語。漢族都不知道的漢語，卻由瑞典人來解釋，這不是滑天下之大稽嗎？竟然有人會相信他的鬼話，進行上古漢語擬音研究。上古漢語不只存在，而且還保存良好在臺灣，因為它就是臺灣閩南語，簡稱臺語。

李昌鈺博士說：「有一分證據，說一分話。」我知道很多人會反駁此一說法，因此個人預留許多證據，這就是被告的擠牙膏模式，相信大家都知道這個名詞。這個文獻資料，將在下一本書《新方言校注》完整呈現，讓大家知道資訊工程的邏輯推理能力，如何利用逆向工程理論，反推出上古漢語的發音。

【附錄六】
漢音詩詞朗誦

早發白帝城・李白

朝辭白帝彩雲間，千里江陵一日還；

tiâu sû pik tè tshái hûn kan, tshian lí kang lîng it jit huân

兩岸猿聲啼不住，輕舟已過萬重山。

lióng gān uân sing thî put tsū, khing tsiu í kò bān toing

san

靜夜思・李白

床前明月光，疑是地上霜；

tshông tsiân bîng gua̍t kong, gî sī tè siōng song

舉頭望明月，低頭思故鄉。

kú thâu bōng bîng gua̍t, tē thâu sù kòo hiong

【註】舉，漳州音 kí。

夜雨寄北・李商隱

君問歸期未有期，巴山夜雨漲秋池；
kun būn kui kî bī iú kî, pa san iā ú toing tshiu tî
何當共剪西窗燭，卻話巴山夜雨時。
hô tong kiōng tsián se tshong tsiok, khiok huà pa san iā ú
sî

作者簡介

陳世明

　　1965 年生，彰化縣福興鄉大崙村人。福建省泉州府永春縣移民，為來臺第九世孫。九代表最大，常笑稱自己是九代（袋）長老。

　　家裡世代務農，退伍之後，進入倚天資訊、華豐橡膠服務，新銀行籌備期間進入亞太銀行服務，在銀行服務期間，一路半工半讀從插大念到碩士。念博士似乎是天命，只為了小孩子學習母語，持「明仔載」三字詢問怎麼唸，直覺認為這三個字非本字，進而跳下去研究臺語。在短短三個月期間，就發現河洛漢字理論，並解開西漢揚雄《方言》乙書的密碼。原來臺語是漢語的源頭，且普通話、河洛話（臺語文讀）、客語、粵語、臺語白讀等漢語方言，早在西漢之前，就已經存在中原的證據。

　　《臺語漢字學》乙書，又稱《河洛語言學》，是每個講河洛話的家庭必備的傳家手冊，本書採用逆向工程技術，以明清話本歸納整理河洛語言學，並發現漢朝的官話即河洛話，可謂是顛覆傳統漢學的繼往開來之作。

學歷

1. 亞洲大學資訊工程博士
2. 朝陽科大資訊管理碩士

經歷

1. 臺灣金融研訓院特約講師
2. 正五傑工業（股）文化總監
3. 彰化縣文化資產學會講師
4. 亞洲大學企業導師
5. 修平科技大學業界導師
6. 朝陽科技大學教育諮詢委員
7. 環球科技大學兼任講師
8. 嶺東科技大學兼任講師
9. 亞太銀行電子金融科科長
10. 亞太銀行資訊室系統組組長
11. 華豐橡膠工業（股）程式設計師
12. 倚天資訊業務工程師

著作

1. 《活用 Delphi 5 實用秘笈篇》，碁峰出版社，1999 年出版。
2. 《ASP 實務寶典》，金禾出版社，2001 年出版。
3. 《超解析 Delphi 6 設計師實務寶典》，金禾出版社，2002 年出版。
4. 《圖解講臺語其實不難》，書泉出版社，2011 年出版。

致謝

本書能如願付梓，須感謝眾多親友的支持，尤其內人的全心奉獻，以及友人助印等。族繁不及備載，只略記如下，如有未能周全之事，請不吝指教。謹此由衷感謝。

許美雪老師	助印 6,000 元	賴慧如小姐	助印 6,000 元
白永楠董事長	30 本	臧瑞明副總	10 本
李玫芳老師	10 本	黃龍壽醫師	10 本
鄭百成老師	10 本	李麗華院長	5 本
潘憲岑博士	2 本	劉珮琪小姐	2 本
吳孟軍教授	1 本	馮棟煌博士	1 本
魏臣光老師	1 本	蕭國珍老師	1 本
陳宗輝先生	1 本	郭育汝小姐	1 本

國家圖書館出版品預行編目資料

臺語漢字學 / 陳世明、陳文彥著 . －－初版 . －－台
中市：晨星，2017.05
面；公分 . －－（晨星台灣文庫；28）

ISBN　978-986-443-253-0（平裝）

1. 臺語　2. 閩南語　3. 漢字

803.3　　　　　　　　　　　　　　　106003462

晨星台灣文庫
028

臺語漢字學

作者	陳世明、陳文彥
主編	徐惠雅
校對	徐惠雅、陳世明
排版	林姿秀
封面設計	林姿秀

創辦人	陳銘民
發行所	晨星出版有限公司
	台中市 407 工業區 30 路 1 號 1 樓
	TEL：04-23595820　FAX：04-23550581
	http://star.morningstar.com.tw
	行政院新聞局版台業字第 2500 號
法律顧問	陳思成律師
初版	西元 2017 年 05 月 30 日
	西元 2023 年 06 月 19 日（四刷）

讀者專線	TEL：02-23672044 / 04-23595819#212
	FAX：02-23635741 / 04-23595493
	E-mail：service@morningstar.com.tw
網路書店	http：//www.morningstar.com.tw
劃撥帳號	15060393（知己圖書股份有限公司）
印刷	上好印刷股份有限公司

定價 350 元
ISBN 978-986-443-253-0

Published by Morning Star Publishing Inc.
Printed in Taiwan

407
台中市工業區30路1號

晨星出版有限公司

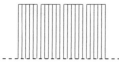

更方便的購書方式：

1 網站：http://www.morningstar.com.tw
2 郵政劃撥　帳號：15060393
　　　　　　戶名：知己圖書股份有限公司
　請於通信欄中註明欲購買之書名及數量
3 電話訂購：如為大量團購可直接撥客服專線洽詢

◎ 如需詳細書目可上網查詢或來電索取。
◎ 客服專線：02-23672044　傳真：02-23635741
◎ 客戶信箱：service@morningstar.com.tw